CB069594

Ensaio sobre a jukebox

Peter Handke

Ensaio sobre a jukebox

Tradução
Luis S. Krausz

Estação Liberdade

Título original: *Versuch über die Jukebox*
© Suhrkamp Verlag Frankfurt am Main, 1990. Todos os direitos reservados e controlados pela Suhrkamp Verlag, Berlim
© Editora Estação Liberdade, 2019, para esta tradução

PREPARAÇÃO Editora Estação Liberdade
REVISÃO Fábio Fujita
SUPERVISÃO EDITORIAL Letícia Howes
EDIÇÃO DE ARTE Miguel Simon
ILUSTRAÇÃO DE CAPA Amina Handke
EDITOR RESPONSÁVEL Angel Bojadsen

CIP-BRASIL. CATALOGAÇÃO NA PUBLICAÇÃO
SINDICATO NACIONAL DOS EDITORES DE LIVROS, RJ

H211e

Handke, Peter, 1942-
    Ensaio sobre a jukebox / Peter Handke ; tradução Luis S. Krausz. - 1. ed. - São Paulo : Estação Liberdade, 2019.
    112 p. ; 19 cm.

Tradução de: Versuch über die jukebox
ISBN 978-85-7448-310-8

1. Ficção alemã. I. Krausz, Luis S. II. Título.

19-61401   CDD: 833
                   CDU: 82-3(430)

Vanessa Mafra Xavier Salgado - Bibliotecária - CRB-7/6644
14/11/2019   22/11/2019

Todos os direitos reservados à Editora Estação Liberdade. Nenhuma parte da obra pode ser reproduzida, adaptada, multiplicada ou divulgada de nenhuma forma (em particular por meios de reprografia ou processos digitais) sem autorização expressa da editora, e em virtude da legislação em vigor.

Esta publicação segue as normas do Acordo Ortográfico da Língua Portuguesa, Decreto nº 6.583, de 29 de setembro de 2008.

EDITORA ESTAÇÃO LIBERDADE LTDA.
Rua Dona Elisa, 116 | Barra Funda
01155-030 São Paulo – SP | Tel.: (11) 3660 3180
www.estacaoliberdade.com.br

Dar tiempo al tiempo
(Provérbio espanhol)

And I saw her standing there
(Lennon/McCartney)

Pretendendo, por fim, iniciar um ensaio sobre a jukebox, que ele planejava havia muito tempo, comprou uma passagem de ônibus para Soria, na estação rodoviária de Burgos. As plataformas ficavam num pátio coberto. De manhã, quando partiam, simultaneamente, vários ônibus em direção a Madri, Barcelona e Bilbao, havia gente nessas plataformas; agora, no começo da tarde, o ônibus para Soria era o único naquele semicírculo, com alguns passageiros isolados e o bagageiro aberto e quase vazio. Quando ele entregou sua mala ao motorista, que aguardava junto ao ônibus — ou seria o bilheteiro? —, este disse: "Soria!", ao mesmo tempo que o tocou no ombro. O viajante ainda queria absorver alguma coisa daquela localidade e, até que o motorista desse partida, ficou andando de um lado para outro na plataforma. A vendedora de bilhetes de loteria, que desde cedo perambulava em meio à multidão, como uma cigana, desaparecera do pátio vazio. Ele a imaginou fazendo uma refeição em algum lugar próximo ao mercado de Burgos: sobre a mesa, um copo de vinho tinto escuro e o maço de bilhetes da extração de Natal da loteria. No asfalto da plataforma havia uma grande mancha de fuligem. O escapamento de um ônibus, que entrementes já desaparecera, decerto soprara por muito tempo ali, tal a espessura daquela camada negra, entrecortada pelos rastros de muitas solas de sapatos diferentes e de muitas rodas de malas: ele também cruzou essa mancha, na verdade para acrescentar a marca dos seus sapatos às demais, como se, assim fazendo, fosse capaz de conjurar um bom augúrio para seu projeto. Estranho em tudo isso era que, por um lado, ele havia se persuadido de que um ensaio sobre a jukebox seria algo secundário ou desimportante e, por outro, como sempre acontecia, ele se sentia angustiado ante o trabalho que tinha pela frente e, involuntariamente, buscava refúgio em premonições e sinais favoráveis — ainda que, quando estes surgissem, nem por um instante ele confiasse neles e, em vez disso, como acontecia agora, imediatamente proibia a si mesmo de acreditar, ao colocar diante de seus olhos um comentário dos *Caracteres*, de Teofrasto, que ele lia durante aquela viagem: a superstição é uma espécie de covardia diante do divino. Ainda assim, os sinais de todas aquelas solas diferentes de sapatos, de tantas marcas de calçados, umas sobre as outras, branco sobre preto, que imediatamente desapareciam para além dos limites da mancha de fuligem, eram uma imagem que ele poderia levar consigo ao seguir viagem.

Também já tinha sido planejado, havia algum tempo, que ele começaria justamente em Soria o seu *Ensaio sobre a jukebox*. Agora era início de dezembro, e na primavera anterior, durante um voo sobre a Espanha, ele se deparara, por acaso, com uma reportagem sobre essa cidade afastada na região montanhosa de Castela. Soria, que por causa de sua localização longe de todas as estradas principais permanecia, havia quase mil anos, fora da história, seria o lugar mais silencioso e escondido de toda a península. No centro da cidade, assim como em outros lugares isolados em meio àquela região abandonada, existiam muitas construções em estilo românico, assim como esculturas preservadas dessa mesma época. Apesar de suas dimensões diminutas, Soria era uma capital — a capital da província de mesmo nome. Em Soria vivera, no início do século XX, o poeta Antonio Machado, que fora professor de francês, então recém-casado e, logo a seguir, viúvo. Ele descrevera em seus versos muitas das peculiaridades daquela região. Soria, que se encontra a uma altitude de mais de mil metros, é cercada, em sua base, pela correnteza do Douro que ali, perto de suas nascentes, corre muito devagar, a partir de cujas margens — passando pelos álamos com suas copas espessas, chamados por Machado de cantadores por causa dos rouxinóis, *ruiseñores* [álamos cantadores], e passando, também, pelos penhascos que, a cada tanto, tornam-se muito estreitos, formando cânions — saem longos caminhos em direção a lugares remotos, conforme lera naquela reportagem ilustrada...

Com o *Ensaio sobre a jukebox* ele pretendia esclarecer os diversos significados que esse objeto tivera nas diferentes fases de sua vida, que, já havia muito tempo, não era mais a de um jovem. Entretanto, não havia praticamente nenhum de seus conhecidos que, ao longo dos últimos meses, ele indagara a esse respeito, como numa espécie de jogo de pesquisa de mercado, fora capaz de lhe dizer qualquer coisa sobre esse aparelho. Alguns — dentre os quais estava também um padre — apenas deram de ombros, balançando a cabeça diante de sua pergunta, sem entender como algo daquele gênero poderia interessar a alguém. Outros achavam que a jukebox fosse um tipo de jogo de fliperama e outros, ainda, nem sequer conheciam aquela palavra e só diante de termos como musicbox ou "caixa de música" pareciam perceber a que ele estava se referindo. Mas, justamente, tal desconhecimento e tal indiferença diante da circunstância, que se repetia e se repetia, depois da primeira decepção, de que nem todos tinham tido experiências semelhantes às dele com relação às jukeboxes, o estimulavam ainda mais a se dedicar àquele assunto, e também a fazer acusações, já que, ao que parecia, o tempo das jukeboxes já era passado, na maioria dos países e na maioria dos lugares (e, talvez, pouco a pouco, ele também já tivesse passando da idade de se colocar diante daquelas máquinas e de apertar suas teclas).

É evidente que, antes, ele já lera a assim chamada literatura sobre jukeboxes, mas com o firme propósito de, imediatamente, esquecer a maior parte do que lera. O que de fato deveria contar, na hora da escrita, era o que ele vira com os próprios olhos. Além disso, havia pouco material sobre esse assunto, sendo a obra mais importante, pelo menos até agora, o livro *Complete Identification Guide to the Wurlitzer Jukeboxes*, publicado em 1984, em Des Moines, no distante Meio-Oeste norte-americano. Autor: Rick Botts. O que o leitor fixara a respeito da história das jukeboxes, finalmente, era mais ou menos o seguinte: à época da Lei Seca, nos Estados Unidos dos anos 1920, nos bares secretos, os *speakeasies*, foram instaladas pela primeira vez musicboxes automáticas. Não havia certeza com relação à origem da palavra "jukebox" — talvez fosse derivada de *jute* ou do verbo *to jook*, este, supostamente, de origem africana, e que significava "dançar". Seja como for, os negros, após o trabalho nas plantações de juta, no Sul, encontravam-se nos chamados *jute points* ou *juke points* e, em troca de um níquel, ali ouviam, nas musicboxes automáticas, Billie Holiday, Jelly Roll Morton e Louis Armstrong, cujas músicas não eram transmitidas pelas rádios, que eram todas propriedade de brancos. A era dourada das jukeboxes começara com a revogação da Lei Seca, na década de 1930, quando passaram a surgir bares em toda a parte. Até mesmo em estabelecimentos como tabacarias e barbearias havia, então, toca-discos automáticos que, por falta de espaço, não eram maiores do que a caixa registradora, e que eram colocadas junto a estas, sobre os balcões. Esse florescimento terminou com a guerra mundial, quando os materiais dos quais eram feitos as jukeboxes — sobretudo o plástico e o aço — passaram a ser racionados. A madeira substituiu o metal e então, em meio à guerra, toda a produção foi suspensa e transferida para a de armamentos. Assim, os líderes na produção de jukeboxes, as firmas Wurlitzer e Seeburg, passaram a produzir aparelhos para o degelo de aviões e peças eletromecânicas. Outra era a história da forma das musicboxes: elas deveriam destacar-se "em meio a ambientes nem sempre coloridos". Assim, o funcionário mais importante da empresa passou a ser o designer: enquanto as jukeboxes da marca Wurlitzer normalmente tinham uma estrutura em forma de arco, a empresa Seeburg em geral fazia caixas retangulares encimadas por cúpulas. Parecia haver uma lei determinando que cada novo modelo só poderia diferir do anterior na medida em que o mais antigo ainda pudesse ser reconhecido sob as formas do novo, motivo pelo qual uma jukebox particularmente inovadora, em forma de obelisco, encimada por um suporte em forma de prato, e não por uma cabeça ou por uma chama, sobre o qual ficava o alto--falante do qual a música soava, erguendo-se em direção ao teto, fora um fracasso completo. Assim, variações na forma praticamente só surgiam no que dizia respeito aos jogos de luzes emitidos pelas jukeboxes e às suas molduras: um pavão, no centro do aparelho, que constantemente mudava de forma; superfícies de plástico, até então em cores lisas, passavam a ser marmorizadas; frisos, até então de imitação de bronze, agora eram cromados; arcos, nas bordas das caixas, agora vinham em forma de tubos translúcidos pelos quais circulavam, constantemente, bolhas de água grandes e pequenas, "design Paul Fuller" — enquanto o leitor e o observador dessa história das formas acabavam por ficar conhecendo os nomes dos seus principais heróis, e notavam que, já desde sua primeira contemplação admirada em algum momento de um objeto poderoso como aquele, reluzindo com as cores do arco-íris em meio a algum obscuro quarto de fundos, inconscientemente quisera descobri-lo.

A viagem de ônibus de Burgos até Soria seguia em direção ao leste, através da Meseta quase deserta. Era como se, muito embora houvesse muitos assentos vazios no ônibus, em seu interior estivessem reunidas mais pessoas do que em qualquer outro lugar, fora dele, em toda aquela região montanhosa e desprovida de vegetação. O céu estava cinzento e chuvoso, os poucos campos de cultivo, em meio às rochas e ao barro, estavam abandonados. Uma moça quebrava e roía sementes de girassol, como se costuma fazer nas calçadas e nos cinemas espanhóis, com expressão séria e olhos sonhadores e arregalados, e uma chuva de cascas delas se precipitava sobre o piso. Um grupo de rapazes com sacolas esportivas levava sempre mais e mais fitas cassete para o motorista, lá na frente, e ele, com boa vontade, as fazia soar dos alto-falantes instalados acima de cada par de cadeiras, em substituição ao programa vespertino da rádio. O velho casal que estava no ônibus permanecia sentado, mudo e imóvel, e o homem nem sequer parecia notar quando algum dos rapazes, circulando, esbarrava nele, sem querer. Mesmo quando um dos jovens se ergueu, falando, colocando-se no corredor e gesticulando, enquanto dava suas explicações, apoiado no encosto da cadeira do velho, ao mesmo tempo que se movimentava diante do seu rosto, ele o tolerou, permanecendo imóvel, sem nem ao menos deslocar um pouco para o lado o seu jornal, cujas folhas se agitavam, nos cantos, sopradas pelo vento causado pela agitação dos braços do rapaz. A moça que desembarcou, então, pôs-se a andar numa colina deserta, envolta pelo seu casaco, como se avançasse por uma estepe sem caminhos, sem nenhuma casa à vista. No piso, junto ao assento que ela deixara, estava um monte de cascas que, no entanto, era menor do que o esperado. Mais adiante passaram a surgir, no planalto, bosques esparsos de carvalhos, cujas árvores eram pequenas como arbustos, cuja folhagem cinzenta e murcha estremecia nos ramos. Em seguida, eles alcançaram uma passagem em meio às montanhas, quase irreconhecível, um passo — por meio de seu dicionário de bolso o viajante descobriu que aquela mesma palavra também designa "porto" —, a fronteira entre as províncias de Burgos e de Soria, e então surgiram reflorestamentos de pinheiros, marrons e reluzentes, no alto, cujas raízes se lançavam sobre as rochas, e dos quais muitos tinham sido arrancados da terra escassa, como depois de uma tempestade, ou estavam lascados, e esses reflorestamentos, junto a ambos os lados da estrada, logo voltavam a recuar para as lonjuras no planalto deserto. A cada tanto, cruzavam-se os trilhos enferrujados da estrada de ferro abandonada entre as duas cidades, frequentemente já cobertos de asfalto, as suas bordas tomadas pelo mato, ou já desfeitas. Numa das aldeias, invisíveis a partir da estrada, escondidas por trás de elevações de rochedos, para as quais o ônibus voltava sempre a dirigir-se, sendo, então, obrigado a retornar de marcha a ré, para seguir viagem ainda mais vazio do que antes, uma placa de rua pendia por detrás da janela, solta, da parede de uma casa, e balançava. Por detrás da janela do bar da aldeia, a única coisa visível eram as mãos de jogadores de cartas.

Em Soria fazia frio, ainda mais frio do que em Burgos: um frio de amargar, em comparação com a temperatura em San Sebastián, lá embaixo, junto ao mar, onde, na véspera, ele chegara à Espanha. Mas a neve, com a qual ele esperava poder contar como companheira para seu projeto, não caía. Em vez disso, garoava. Na estação rodoviária, cortada pelo vento, ele logo anotou os horários das partidas para Madri, ou, pelo menos, para Saragoça. Às margens da cidade, longe, na estrada de rodagem, em meio às ruínas de pequenas casas térreas, às paredes altas de construções inacabadas e à estepe de escombros, os caminhões seguiam-se, como se estivessem enganchados uns nos outros, ruidosos, espalhando, com suas rodas, a camada fina de lama. Todos eles tinham placas espanholas. E quando, em meio a esses caminhões espanhóis, ele distinguiu um com placa em inglês, e também compreendeu, imediatamente, sem precisar traduzir primeiro, os dizeres que constavam na capa de lona, sentiu-se, por um instante, como se de fato estivesse em sua casa. Ele tivera uma sensação semelhante, antes, durante uma permanência prolongada numa cidade espanhola que lhe era igualmente estranha, onde ninguém, em toda a região, falava qualquer língua que não fosse o espanhol e, tampouco, havia jornais estrangeiros. Lá, às vezes ele buscara um refúgio para si num restaurante chinês no qual, embora ele entendesse ainda muito menos a língua, se sentia ao abrigo daquele espanhol excludente e denso.

Começava a escurecer. Os contornos de tudo se tornavam difusos. As placas de sinalização indicavam apenas as distantes capitais, como Barcelona e Valladolid: assim, carregando a mala pesada — já havia tempo que ele estava viajando e pretendia permanecer em Soria até o Ano-Novo —, ele seguia, rua abaixo. Já várias vezes ele se dera conta de que os centros dessas cidades espanholas, que à primeira vista eram quase invisíveis, frequentemente se encontravam em algum lugar baixo, por trás de regiões de estepes desabitadas, escondidos nos vales de rios secos. De qualquer maneira, ele pretendia passar a noite aqui. Pois, de fato, ele sentia que isso era uma espécie de dever, já que, estando ali, precisava conhecer o lugar e fazer-lhe justiça (naquele instante, passando a mala de uma mão para outra a cada poucos passos, e sempre desviando--se dos nativos, que já começavam com suas orgulhosas caminhadas noturnas, sempre em linha reta, ele não era capaz de fazê-lo). E, além disso, no que dizia respeito a seu *Ensaio sobre a jukebox*, e também, de maneira geral, ele tinha tempo — algo que agora, como já o fizera frequentemente antes, dizia a si mesmo, e o repetia, desta vez usando um verbo grego, retirado de sua leitura de Teofrasto: *S-cholazo, s-cholazo.*

Mas, ao mesmo tempo, ele só pensava em fugir. Já havia alguns anos que ele vagava sem lar, de um lugar para outro, e este ou aquele dos seus amigos já lhe oferecera seu segundo apartamento ou sua terceira casa, que se encontrava vazia, para que ele pudesse realizar seu projeto, agora que o inverno estava chegando, lugares que eram rodeados de silêncio e, simultaneamente, da civilização à qual ele estava habituado, e que, sobretudo, tinham, num horizonte próximo, que, a qualquer hora poderia ser alcançado a pé, a língua da sua infância, que o movia (e que, ao mesmo tempo, o tranquilizava). Mas seus pensamentos relativos à fuga excluíam qualquer possibilidade de retorno. Um ambiente de língua alemã não lhe era mais concebível agora, tampouco o era La Rochelle, onde, poucos dias antes, ele se sentira em seu lugar, como estrangeiro, ante a vastidão do Atlântico, das casas baixas e claras, das travessas vazias, da torre do relógio no velho porto, que lhe lembrava Georges Simenon e seus livros ambientados ali, e nem mesmo o era San Sebastián, com seu ar muito mais cálido, e sua baía em forma de semicírculo, inteiramente visível, junto ao golfo de Biscaia, cujas águas se enfureciam com tanta frequência e onde, à noite, diante de seus olhos, a água da maré espumava, subindo pela correnteza, às margens do rio basco Urumea — enquanto que, no centro do rio, a correnteza seguia em direção ao mar —, e onde, num bar, ainda que escuro, frio, e que parecia estar fechado havia anos, tinha uma jukebox produzida na Espanha, pesada, quase sem design. Talvez fosse por uma compulsão que ele proibisse a si mesmo qualquer retorno em sua rota de fugas — só se permitia seguir cada vez mais longe, pelo continente — e talvez fosse também por uma compulsão que, passada uma época de muitas exigências, agora livre de vínculos e de obrigações, ele se achasse na obrigação de se expor, para escrever — se é que havia nisso algum tipo de justificativa —, a uma irrealidade da qual mal e mal fosse capaz de dar conta, a uma situação-limite que ameaçasse até mesmo as circunstâncias de sua vida cotidiana, com o agravante de que, em paralelo à escrita, ele se sentia no dever de, igualmente, fazer um reconhecimento ou uma medição das diferentes localidades desconhecidas pelas quais passava, sozinho, sem ninguém que lhe ensinasse qualquer coisa, e numa língua que, na medida do possível, deveria lhe ser desconhecida.

Mas, agora, ele não queria apenas fugir dessa cidade, como também de seu tema. Quanto mais ele se aproximara de Soria, o lugar que tinha determinado para seu trabalho de escrita, tanto mais lhe parecia sem sentido o assunto "jukebox". Justamente estava terminando o ano de 1989 durante o qual, na Europa, de dia a dia e de país em país, tantas coisas pareciam estar mudando, e isso se dava de maneira tão maravilhosamente fácil que ele imaginava que, se alguém permanecesse por um tempo sem notícias, estando, por exemplo, voluntariamente confinado em algum trabalho de pesquisa, ou em estado de inconsciência, por meses a fio, em decorrência de algum acidente, e então fosse, pela primeira vez, ler um jornal, imaginaria tratar-se de alguma edição especial, na qual se estivesse fingindo que todos os sonhos das populações escravizadas e separadas do continente tivessem se tornado realidade da noite para o dia. Até mesmo para ele, cuja origem estava na ausência de história, e cujas infância e juventude mal tinham sido tocadas por acontecimentos históricos, talvez apenas prejudicadas por eles (e por suas comemorações cheias de orgulho), aquele era o ano da história. Era como se a história, concomitantemente a todas suas outras formas, também tivesse se tornado uma lenda, que se narrasse por si só, a mais verdadeira e efetiva, a mais divina e a mais terrestre das lendas. Poucas semanas antes, na Alemanha, um conhecido seu, excitado pela marcha em direção ao muro que, subitamente, se abrira, onde ele pretendia se tornar "testemunha ocular da história", o exortara a acompanhá-lo, para que os acontecimentos "pudessem ser testemunhados por alguém responsável pelas imagens e também por alguém responsável pelas palavras", e ele? — Alegara seu "trabalho, estudo de material e necessidade de preparar-se", de maneira imediata, instintiva, recuando de pronto, sem pensar (evidentemente imaginando que, já na manhã seguinte, no jornal adequado, dentre os que apoiavam o Estado, estaria impressa, em meio a uma boa moldura, a primeira leva dos testemunhos poéticos e, na manhã subsequente, também o texto das primeiras canções sobre esse tema). E agora que a história, como a grande fábula do mundo, da humanidade, aparentemente prosseguia, dia a dia, e continuava a operar mágicas (ou será que aquilo era apenas uma forma degenerada da mesma história de terror de sempre?), ele pretendia, aqui, longe de tudo, cercado de estepes e de desertos de rochas, nessa cidade surda à história — mais tarde, embora houvesse, em toda a parte, televisores que ressoavam, ele só constatou um silêncio generalizado uma única vez, quando foi divulgada a notícia local de um homem morto por um andaime —, escrever um ensaio sobre um tema tão estranho ao mundo quanto a jukebox, um tema "para gente que foge do mundo", como ele agora dizia a si mesmo, um simples brinquedo, ainda que, conforme a literatura, aquele fosse o "favorito dos americanos", mas só enquanto durou a breve "febre de sábado à noite", após o término da guerra. Havia, no presente, quando cada novo dia era uma data histórica, alguém que fosse mais ridículo, alguém que estivesse mais extraviado do que ele?

Na verdade, ele não levava a sério todos esses pensamentos. Ao contrário, tinha a percepção insistente de que aquele seu pequeno projeto parecia estar em contradição com tudo aquilo que, ao longo dos anos, se passava de maneira cada vez mais intensa e penetrante, nos seus sonhos noturnos mais profundos. Lá, nas profundezas do sonho, a sua lei se mostrava como imagem, quadro a quadro, algo que ele percebia com grande clareza ao dormir, e sobre o que continuava a pensar quando estava acordado. Aqueles sonhos lhe contavam algo, lhe narravam, de maneira imperiosa, uma epopeia, ainda que só por meio de fragmentos monumentais, que, por sua vez, frequentemente se transformavam no contrassenso habitual dos sonhos, uma epopeia que englobava o mundo inteiro, e que tratava da guerra e da paz, do céu e da terra, do Ocidente e do Oriente, de assassinatos e golpes fatais, de opressão, de indignação e de reconciliação, de palácios e de espeluncas, de selvas e de arenas esportivas, de perdição e de retorno, de uniões triunfais entre o amor selvagem e o amor sagrado do casamento, e com incontáveis personagens, nitidamente desenhados: desconhecidos que pareciam familiares, vizinhos que mudavam com o passar das décadas, irmãos distantes, estrelas de cinema e políticos, santos e marionetes, ancestrais que continuavam a viver, transformados em sonhos (assim como eles tinham sido na realidade) e, sempre novamente, as crianças, os filhos das crianças, como figuras principais. Ele mesmo, normalmente, nem sequer aparecia: era apenas espectador e ouvinte. Tão constantes quanto as imagens eram também os sentimentos que ele experimentava. Alguns nunca tinham sido percebidos em suas horas de vigília, como, por exemplo, o respeito diante de um simples rosto humano ou o encantamento diante do azul-onírico de uma montanha, ou até mesmo a credulidade (ela mesma também sendo um sentimento) ante nada além do aqui e agora. Havia outros, porém, que ele conhecia, mas que só se tornavam puros e ideais por meio da sensualidade incandescente que tomava conta do sonhador épico: como, em vez de sentir gratidão, ele sentia *a* gratidão, assim como *a* misericórdia, *a* infantilidade, *o* ódio, *o* espanto, *a* amizade, *o* luto, *o* abandono, *o* temor da morte. Ao acordar, como se tivesse sido arejado e oxigenado por sonhos assim, ele sentia que, bem acima dele, pairavam os compassos que ele deveria seguir com a sua escrita. E, de novo, não pela primeira vez, ele adiava aquilo em nome de algum assunto secundário? (Eram aqueles sonhos que o levavam a tais suspeitas, não havia ninguém mais que representasse aquela instância.) E o fato de que, sendo um nômade como ele era, imaginasse que seria capaz de passar apenas fazendo trabalhos ocasionais — afinal, os romances breves de Simenon, por exemplo, que também tinham sido escritos, em sua maior parte, em algum quarto de hotel no estrangeiro, tampouco tinham ambições épicas — não era aquilo, outra vez, como lhe advertia o sonho, mais um dos seus expedientes de fuga, empregados já tarde demais? Por que ele não se estabelecia, em qualquer lugar que fosse? Será que ele não percebia que suas viagens tão frequentes agora nada mais eram do que errâncias? Àquela época, quando o *Ensaio sobre a jukebox* não passava de um esboço, uma frase de Picasso surgiu à sua frente como um possível lema: os quadros devem ser feitos da mesma forma como os príncipes fazem seus filhos — com as pastoras. Nunca se deve representar o Panthéon, nunca se deve pintar uma poltrona Luís XV, mas, sim, uma cabana do Sul da França, com um pacotinho de tabaco, com uma cadeira velha. Mas, quanto mais perto ele chegava da realização, menos essa frase de um pintor lhe parecia adequada a um tema da escrita. Os sonhos épicos se erguiam, avassaladores demais, exclusivos demais e também contagiosos demais (com sua ânsia de serem traduzidos para a língua adequada), e o faziam, noite após noite, agora que se aproximava o solstício de inverno, de uma maneira que ele já conhecia desde a sua juventude, e que sempre voltava a surpreendê-lo, de modo constante e, por assim dizer, previsível: mal ele começava a cochilar e logo se abriam os portões da narrativa, e esta se escandia à sua frente, durante a noite inteira. E, além disso: o que um objeto como uma jukebox, plástico, vidro colorido, metal cromado, tinha a ver com uma cadeira ou com uma cabana no campo? Nada. Ou será que tinha algo a ver?

Ele não sabia de nenhum pintor em cujas obras aparecesse uma jukebox, ainda que como acessório. Nem mesmo entre os artistas da pop-art, com seu olhar atento para tudo o que é produzido em série, para tudo o que não é original, para todas as coisas secundárias, ela parecia digna de figurar pelo menos ao fundo de um quadro. Diante de alguns quadros de Edward Hopper, que representavam figuras isoladas, nos bares noturnos da terra de ninguém das cidades, ele quase teve uma alucinação: era como se as jukeboxes estivessem ali, mas, ao mesmo tempo, tivessem sido obliteradas sob uma mancha vazia e reluzente de tinta. Ele se lembrava de um único cantor, Van Morrison, para quem "o grito da jukebox era eterno". Mas isso se dera havia muito tempo ou, como se diz popularmente, "já era".

Ademais, por que ele imaginava que o que tinha a dizer sobre aquele objeto deveria ser um livro, ainda que minúsculo? Pois, em sua imaginação, o objeto livro era destinado a refletir, frase por frase, a luz natural, a luz do sol, sobretudo, mas não era destinado à descrição de algo como os cilindros giratórios desses aparelhos elétricos, em meio à penumbra de luzes artificiais fracas. (De qualquer maneira, essa era a imagem que ele tinha de livro, cristalizada havia muito tempo, e da qual não conseguia se livrar.) Não seria um texto breve como aquele mais adequado para um jornal, melhor ainda, para o suplemento de fim de semana de algum jornal, para as páginas nostálgicas, junto com fotografias coloridas dos modelos de jukebox, de antigamente até hoje?

Tendo chegado a esse ponto em suas reflexões obsessivas, e disposto a simplesmente deixar de lado tudo o que viera pensando ao longo dos últimos meses ("Cala sobre aquilo de que você gosta e escreve sobre o que o enfurece e desafia!"), e decidido, doravante, a continuar a desfrutar de seu tempo, sem fazer nada, simplesmente contemplando o continente, ele sentiu de súbito um prazer peculiar ao pensar na possível ausência de sentido de seu projeto — liberdade! — e, ao mesmo tempo, a energia para dedicar-se a não fazer quase nada, ainda que, talvez, em algum lugar que não essa cidade de Soria, esquecida pelo mundo.

Encontrou um quarto para uma noite num hotel que tinha o nome de um rei espanhol da Idade Média. Quase todos os lugares estranhos que, ao longo do seu percurso, à primeira vista lhe tinham parecido irrelevantes e longínquos revelaram-se, quando esquadrinhados em todas as direções, misteriosamente amplos — e também como parte deste mundo. "Mas que grande cidade!", voltava ele a constatar, sempre admirado, ou até mesmo "Mas que grande aldeia!" Porém, Soria, a cujas ruelas ele se entregou naquela noite chuvosa, nem sequer se ampliou quando ele, afastando-se do centro da cidade, foi tateando seu caminho, em meio às trevas, até o monte onde se encontrava o antigo castelo. Não havia ali nenhuma avenida cintilante. A localidade, que não era nada além de algumas paredes pálidas, encaixotadas pelas esquinas, dava-lhe, naquela noite, a impressão de ser uma pequena cidade da Europa Central que ele já estivesse enjoado de conhecer. Essa mesma impressão perdurou, mais tarde, quando ele se pôs a vagar de bar em bar, encontrando-os todos, já bem cedo, quase vazios, animados apenas pelas melodias repetitivas emitidas pelos caça-níqueis, que tentavam seduzir os frequentadores. A única diferença era que havia mais trevas do que seria de se esperar no território daquela cidade — por causa do oval da arena de touradas, abandonada em meio ao inverno e toda cercada de negro. Seu preconceito lhe dizia que ali não havia mais nada a ser descoberto, nem nada a ser criado. Mas, de qualquer maneira, era agradável caminhar sem a bagagem. Na primeira fileira de uma vitrine de livraria estavam expostos apenas livros de Harold Robbins — e por que não? E, numa praça lateral, perto da meia-noite, as folhas angulosas e molhadas dos plátanos brilhavam e acenavam. E as bilheterias dos dois cinemas, que se chamavam Rex e Avenida, tinham suas vidraças voltadas diretamente para a rua, quase invisíveis, junto às largas portas de entrada, e dentro delas, destacando-se das molduras, surgia, a cada tanto, o rosto da mesma velha. E o vinho tinha gosto de cidade pequena. E o padrão dos ladrilhos das calçadas de Soria era de quadrados com cantos arredondados, enganchados uns nos outros, enquanto o calçamento correspondente, na cidade de Burgos, era decorado com desenhos de ameias. E a palavra espanhola para "equanimidade" era *ecuanimidad*. E assim ele compôs para si mesmo uma ladainha, na qual essa palavra se alternava com a palavra grega que designa ter tempo. No sonho, surgiam centenas de pessoas. Um general, ao mesmo tempo também plagiador de Shakespeare, suicidava-se de tristeza ante o estado do mundo. Uma lebre corria através de um campo, um pato nadava rio abaixo. Uma criança se perdia, ante os olhos de todos. Ouvia-se dizer que os moradores da aldeia morriam, de hora em hora, e o padre dedicava todo seu tempo aos funerais. (Peculiar o papel que os boatos têm nos sonhos — aquilo não era dito nem ouvido, apenas penetrava, silenciosamente, pelos ares.) O sangue que escorria do nariz do avô cheirava a pelo molhado de cachorro. Uma outra criança chamava-se "Espírito". Agora, alguém anunciava, em voz alta, a importância do ouvir nos tempos atuais.

No dia seguinte — o tempo continuava chuvoso e, segundo os jornais, a província de Soria era aquela em que fazia mais frio em toda a Espanha — ele se preparou para sua caminhada de despedida pela cidade. Sem pretender fazê-lo de antemão, subitamente se viu diante da fachada de Santo Domingo, cuja idade logo se tornava perceptível por meio das dimensões dos seus blocos de arenito claros, amiúde arredondados pelo tempo e pelo vento. As construções em estilo românico o impactavam de uma maneira que já lhe era conhecida, e por meio da qual, imediatamente, ele passava a sentir em si mesmo, em seu corpo, as suas proporções: nos ombros, na bacia, na sola dos pés, como se aquilo fosse seu próprio corpo oculto. Sim, foi com uma sensação de corporalidade que ele descreveu um arco, caminhando tão devagar quanto podia, em direção a essa igreja, que tinha a forma de um armário de cereais. Já no primeiro instante, ante a delicadeza das diferentes partes da fachada, com seus arcos, e das figuras nela contidas, a "fraternidade do belo", uma expressão de Borges, se transmitira sobre ele, mas, ao mesmo tempo, ele foi tomado por um temor de incorporar, por assim dizer, abruptamente tudo aquilo, e decidiu postergar a viagem, que o levaria sabe-se lá aonde, para a noite, de maneira a poder voltar ali mais uma vez, quando a luz do dia estivesse incidindo de outra forma sobre as esculturas. Agora, ele apenas investigava as variações naquelas imagens de grupos, que já tinham se tornado conhecidas e íntimas para ele. Pois ali se encontravam aquelas representações de grupos, sempre tão presentes nas esculturas do período românico (sem que ele precisasse procurar por elas por muito tempo) e elas lhe pareceram, novamente, ser os emblemas secretos daquele lugar. Aqui, em Soria, elas eram até visíveis de longe, e a olho nu: o cuidadoso empurrão na cintura por meio do qual o Deus-Pai ajudava o recém-criado Adão a se colocar sobre as próprias pernas; o cobertor, em parte quase liso — em outras representações era inteiramente ondulado —, sob o qual dormiam os três reis magos, a folha de acanto, em forma de concha, do tamanho de uma árvore, que se erguia por trás do túmulo do homem que ressuscitava; em forma de semicírculo, sobre o portal (em forma de amêndoa, o pai, sorrindo, com o filho, igualmente sorrindo, sentado em seu joelho e sustentando um grosso livro de pedra), os símbolos de animais do Evangelista, desta vez não agachados no chão, mas no colo de anjos, e não apenas o leão e o carneiro, que acabavam de nascer, como também a poderosa águia... Enquanto se afastava, rapidamente, ele olhava para trás, de longe, por sobre o ombro, e via, assim, aquela moldura cinzelada "ao ar livre", para usar a expressão de Karl Valentin — e ainda mais claramente aquelas molduras que tinham sido deixadas vazias. Aquele edifício, tão largo quanto baixo (todos os blocos residenciais à sua volta eram mais altos do que ele), e com o céu, acima, era precisamente a representação de uma ideia de arte e de arquitetura, apesar dos caminhões que passavam por ali, rugindo. Aquele edifício, tão diferente das rígidas fachadas dos edifícios em seu entorno, parecia um mecanismo de musicbox, que funcionava justamente em seu silêncio, e que soava. Ocorreu-lhe que, àquela época, oitocentos anos antes, pelo menos na Europa, enquanto vigoravam aquelas formas, a história da humanidade, tanto particular quanto geral, tinha sido maravilhosamente explicada. Ou será que aquilo era apenas a aparência exterior daquela forma que penetrava em toda parte (e não de um simples estilo)? Mas como tinha sido alcançada uma forma como aquela, tão real quanto infantil, e tão conciliadora?

Soria, isto se tornava evidente agora sob a luz do dia, situava-se entre duas montanhas, uma coberta de florestas e a outra nua, numa baixada que levava em direção ao Douro. Este corria, passando pelas últimas casas isoladas, para além de uma extensa região coberta de rochas. Uma ponte de pedras conduzia para aquele outro lado, onde se encontrava a estrada para Saragoça. Enquanto contemplava os arcos sustentados por pilares, o recém-chegado também os contava. Um vento leve soprava, empurrando as nuvens. Lá embaixo, em meio às margens do rio, com seus álamos desfolhados, um cachorro, excitado, perseguia correndo as folhas que se erguiam com o vento, aqui e ali. Os juncos eram empurrados para dentro da água escura, apenas algumas espigas permaneciam acima da superfície. O estrangeiro (estrangeiro?) — admitido ali pela localidade — tomou a direção contrária da do conhecido passeio do poeta Machado, e seguiu por um caminho de terra, atravessado pelas raízes dos pinheiros, rio acima. Silêncio. A corrente de ar, nas têmporas (certa vez ele imaginara que alguma das empresas responsáveis por produtos deste tipo ofereceria uma essência especial para essas partes do rosto, para que a pele, ali, sentisse até mesmo a passagem do mais leve hálito, como um símbolo, como chamar isto?, do agora).

De volta do seu passeio ao vazio, ele tomou um café no bar Rio, onde havia um jovem cigano atrás do balcão. Alguns aposentados, que, segundo o dicionário, eram chamados em espanhol de *jubilados*, enfileiravam-se, observadores admirados e entusiasmados do programa matinal de televisão. Por causa do movimento ininterrupto na estrada, do lado de fora, todos os copos e xícaras estremeciam entre os dedos. Num canto havia uma estufa de ferro, cuja altura mal alcançava os joelhos, em forma de cilindro, e cuja parte superior tornava-se mais delgada, com sulcos verticais e um ornamento em forma de vieira no centro. Pela abertura, na parte inferior, via-se o brilho do fogo. Do chão, revestido de ladrilhos, erguia-se o aroma da serragem fresca que ali fora espalhada de manhã.

Fora, na rua, enquanto subia o morro, ele passou por um sabugueiro, com um tronco da grossura de um mamute, cujos galhos curtos e claros formavam uma miríade de arcos, que se entrecruzavam e subiam, uns nos outros. Não havia, naquilo, nenhuma superstição: mesmo sem tais imagens ou sinais, ele permaneceria em Soria, conforme planejara, para aqui dedicar-se a seu ensaio. Entrementes, ele queria absorver tanto quanto fosse possível das manhãs e das tardes daquela pequena cidade, tão facilmente compreensível. "Não, daqui não irei embora antes de terminar a coisa!" Em Soria, ele veria as últimas folhas dos plátanos velejando pelos ares. Agora, a paisagem também era dominada por aquela luz escura e transparente que parece brotar das entranhas da terra. Aquela luz que, desde sempre, o estimulara a afastar-se, imediatamente, e escrever, escrever, escrever — sem assunto, ou até mesmo sobre alguma coisa como uma jukebox. Todos os dias, antes de se sentar para trabalhar, ele iria fazer uma caminhada lá fora, na vastidão, que logo se alcançava, mal tendo deixado a cidade — em qual metrópole seria possível algo assim? — para proporcionar à sua cabeça a tranquilidade da qual necessitava mais e mais, à medida que envelhecia, e que daria o tom a partir do qual suas frases se formariam. Mas, depois disso, ele se entregaria ao tumulto da cidade, assim como a seus recantos mais tranquilos. Nenhuma passagem, nenhum cemitério, nenhum bar, nenhuma quadra de esportes deveriam passar desapercebidos, com todas suas respectivas características.

Mas, então, ele ficou sabendo que, naqueles dias, coincidiam alguns feriados espanhóis — tempo de viajar — e, assim, só haveria novamente quartos disponíveis em Soria no início da semana subsequente. Mas aquilo lhe pareceu estar bem assim, pois dessa maneira, como era seu costume, ele poderia procrastinar, ainda mais uma vez, o início de seu trabalho e, ademais, sendo forçado a desviar-se para outra cidade, obteria, na ida e na volta, uma imagem, a partir de outras direções, não apenas do Leste, de Burgos, do lugar onde se situava Soria, tão solitária nas montanhas — e imaginava que isso pudesse vir a ser útil para o projeto que tinha à sua frente. Dispunha de dois dias e decidiu passar o primeiro dia no Norte e o segundo no Leste, ambas as vezes em localidades que já estivessem fora de Castela, primeiro em Logroño, na região viticultora de La Rioja, e, depois, em Saragoça, na região de Aragão: esses eram os resultados de suas consultas aos horários dos ônibus. Mas, primeiro, ele se sentou num daqueles restaurantes espanhóis instalados em salas nos fundos, onde se sentia protegido, porque ali era possível estar sozinho consigo mesmo e, ainda assim, através das paredes finas como tábuas, e da porta corrediça, que frequentemente permanecia aberta, observar o que se passava no bar, na sala da frente, em que, quase sempre, havia ruídos altos, inclusive de televisores e de caça-níqueis.

Apenas uma freira o acompanhava, no meio da tarde, no ônibus para Logroño. Chovia, e, ao cruzar o trecho da serra que separava ambas as regiões, o ônibus parecia estar atravessando a principal nuvem de chuva, pois pelas janelas não se via nada além do seu vapor cinzento. Do rádio do ônibus veio, então, "Satisfaction", dos Rolling Stones, uma música que, mais do que qualquer outra, representava perfeitamente os rugidos de uma jukebox, e que era uma das raras que, ao longo das décadas, resistiram nas jukeboxes do mundo inteiro (não tendo sido trocada), "uma referência", pensou aquele passageiro — enquanto que a outra, vestida com seu traje negro de freira, acompanhada pela sonoridade da guitarra de Bill Wyman, que preenchia todo o espaço, exigindo igualmente atenção, conversava com o motorista a respeito do acidente, com seus dois mortos sob hastes de ferro e cimento fresco, ocorrido uma hora antes, numa construção, numa travessa lateral, enquanto ele fazia sua refeição no abrigo de sua sala dos fundos. Seguiu-se, no rádio, então, "Ne me quitte pas", de Jacques Brel, em que ele suplica à amada que não o abandone, outra daquelas poucas canções que estavam entre os clássicos da jukebox, ao menos de acordo com os resultados de suas pesquisas nos países de língua francesa, e que, ali, costumavam encontrar-se na coluna bem à direita nos painéis, que era como se fossem intocáveis (no mesmo lugar onde, por exemplo, nas jukeboxes austríacas normalmente ficava localizada a chamada música popular e onde, nas italianas, às vezes ficavam árias e corais de óperas, principalmente a "Celeste Aida" e o "Coro dos prisioneiros" de *Nabucco*). Estranho, apenas, continuou a pensar o viajante, que o salmo do cantor belga, que vinha das profundezas, e que não era quase nada além de puro canto, sem reservas, totalmente pessoal — "isso eu digo a você, e somente a você!" —, não parecia, de maneira nenhuma, combinar com uma máquina exposta ao público, cujo mecanismo era acionado por meio da introdução de moedas — mas combinava, aqui e agora, com aquele ônibus quase vazio, nas curvas de um passo montanhoso, a uma altitude de quase dois mil metros, em meio a uma terra de ninguém cinzenta de garoa e de neblina.

A decoração dos ladrilhos das calçadas de Logroño tinha a forma de cachos de uvas e de folhas de parreira, e a cidade contava com um cronista oficial, que também tinha à sua disposição uma página diária no jornal *La Rioja*. No lugar do Douro, aqui corria o Ebro, perto de suas nascentes, e em vez de correr por fora da cidade, cruzava-a e, como ocorre normalmente, a cidade nova encontrava-se na margem oposta do rio. Grandes torres de neve ladeavam o grande rio. Quando eram olhadas com maior atenção, via-se que balançavam, pois, na verdade, aquilo era espuma industrial. Nas fachadas dos prédios, de ambos os lados do rio, faixas de lençóis gotejavam lentamente. Embora ele tivesse visto algo semelhante em Soria, e ainda que Logroño, lá embaixo, na planície cheia de videiras, com seu ar sensivelmente mais cálido, se mostrasse, sob a luz do fim da tarde, como uma cidade elegante e espaçosa, juntamente com suas avenidas e com suas arcadas, subitamente, ao imaginar aquele povoado invernal no alto da Meseta, onde mal passara uma noite e a metade de um dia, ele sentiu algo como a dor de uma saudade.

Saragoça, no dia seguinte, em direção a sudeste e ainda mais abaixo no largo vale do Ebro, tinha como ornamentação em suas calçadas motivos em forma de cobras que se alargavam à altura da barriga e que, assim ele pensou, representavam os meandros de rios. E, de fato, pareceu-lhe, desde a sua primeira errância em busca do centro — tais caminhadas já tinham se tornado um hábito seu nas cidades espanholas —, como uma cidade real, o que também correspondia ao nome do seu time de futebol. Ali ele poderia ler, diariamente, jornais estrangeiros, assistir a todos os filmes do momento, alguns, inclusive, em seus idiomas originais, e, nos fins de semana, quando aquele time real jogava contra o outro time real, o de Madri, ver o corpulento Emilio Butragueño com a bola — ele levava em sua bagagem um pequeno binóculo —, com seu uniforme que permanecia sempre limpo, até mesmo no barro, e em quem era possível acreditar quando, frente à pergunta de um repórter, que lhe indagara se jogar futebol seria uma arte, respondeu: "Sim, em alguns momentos." No teatro da cidade encenavam uma peça de Beckett, para a qual as pessoas compravam ingressos, como nas salas de cinema, e no Museo de Bellas Artes lhe teria sido possível preparar seus próprios sentimentos para o trabalho que tinha à frente contemplando os quadros de Goya, que passara, ali em Saragoça, seus anos de aprendizado, da mesma maneira que poderia fazê-lo naquela localidade afastada, junto a Soria, além disso, beneficiando-se do contagiante atrevimento desse pintor. Mas o único lugar que ele ainda cogitava era aquele outro onde, nas encostas de entulho, junto aos novos edifícios, os rebanhos de ovelhas já deixavam as marcas dos seus cascos e onde também havia pardais, apesar da grande altitude, que subiam pelo céu através do vento — ele sentia sua falta, ali. (Alguém, certa vez, observara que, nos noticiários televisivos diários, com suas cenas locais, em Tóquio ou em Joanesburgo, os únicos realmente dignos de confiança eram sempre os pardais: no primeiro plano, os estadistas reunidos ou os escombros fumarentos e, ao fundo, a gritaria dos pardais.)

Mas o que de fato ele fez, em ambas as cidades, foi procurar, casualmente, por alguma jukebox; devia ter sobrado alguma, ou em Logroño, ou em Saragoça, remanescente dos tempos antigos, ainda em funcionamento (era pouco provável haver alguma instalada recentemente, pois nos bares espanhóis até mesmo o mais exíguo espaço livre agora era destinado, exclusivamente, aos caça-níqueis, que se amontoavam por todos os cantos). Ele acreditava que, com o passar do tempo, adquirira uma espécie de faro para possíveis locais onde se encontrassem jukeboxes. Nas regiões centrais das cidades havia poucas esperanças, assim como em bairros gentrificados e perto de monumentos, igrejas, parques e alamedas (para não falar de bairros residenciais, ocupados por casarões). Ele quase nunca encontrara uma musicbox em estações termais ou em estações de esqui (muito embora fossem, por assim dizer, suspeitas suas localidades vizinhas, normalmente desconhecidas, e afastadas (oh, Samedan, junto a St. Moritz); quase nunca em portos frequentados por iates ou em balneários (e sim em portos de barcos de pesca e, ainda mais frequentemente, em portos de balsas: oh, Dover; oh, Ostende, oh, Reggio di Calabria; oh, Pireu; oh, Kyle of Lochalsh, com suas balsas que atravessavam em direção às Ilhas Hébridas Interiores; oh, Aomori, na extremidade setentrional da península japonesa de Hondo, de onde antes saíam as balsas para Hokkaido — entretempo, seu tráfego fora suspenso), mais raramente em estabelecimentos no continente e no interior do que em ilhas e perto de fronteiras.

Sua experiência lhe mostrava que havia boas chances em povoados próximos a rodovias, grandes demais para serem chamados de aldeias e, ainda assim, desprovidos de um centro, distantes de qualquer turismo, em planícies quase sem relevo, sem lagos em suas redondezas (e, caso houvesse um rio, então este ficaria bem distante, e estaria seco durante a maior parte do ano), habitados por um número incomum de forasteiros, trabalhadores estrangeiros e/ou soldados (localidades onde havia casernas) — em lugares assim, era possível ir ao encalço de jukeboxes, mas nem no centro — ainda que este não fosse assinalado por nada além de uma importante poça deixada pela chuva — nem nas periferias (nestas, ou ainda mais longe, junto às rodovias, encontrava-se, no melhor dos casos, uma discoteca) e sim nos espaços intermediários, principalmente junto à caserna, à estação ferroviária, no bar do posto de gasolina ou em algum estabelecimento solitário, instalado junto a um canal (evidentemente em alguma região suspeita, como por exemplo "atrás das plataformas de carga", que era a cara até mesmo daquelas conglomerações mais desprovidas de uma cara). Certa vez, ele encontrara um lugar assim, típico para uma jukebox, fora do seu lugar de nascimento, em Casarsa, na planície friulana, um povoado que dera a si mesmo o sobrenome "della Delizia", por causa do tipo de uvas que eram colhidas nas suas redondezas. Tendo partido da capital, Udine, graciosa, rica, e livre de jukeboxes, ele chegara a esta localidade, "atrás do rio Tagliamento", num sábado à noite, apenas por causa de seis palavras de um poema de Pasolini, que passara, naquela cidadezinha, uma parte de sua juventude e que, mais tarde, desprezara as jukeboxes de Roma, assim como os jogos de fliperama, dizendo que estes eram a continuação da guerra por parte dos americanos, mas com outros meios: "Ali, no desesperado vazio de Casarsa." Depois de tentar circular além dos limites da periferia do lugar, logo interrompido por causa do trânsito intenso em todas as ruas que saíam da cidade, ele deu meia-volta, entrando, casualmente, num dos muitos bares, e em quase todos brilhava diante de seus olhos, visível já a partir da rua, uma jukebox (a mais nobre entre elas tinha até mesmo uma videobox, com uma tela no alto, de onde também saía o som). Todas essas caixas, de diferentes formas, velhas e novas, estavam em funcionamento e não apenas tocavam música ambiente, como ocorre com frequência, como o faziam de maneira penetrante, em volume alto: trovejavam. Era um sábado à noite, e nos bares — quanto mais ele se aproximava da estação de trens, mais deles havia — se viam, por um lado, despedidas e, por outro, reuniões de recrutas, dos quais a maioria parecia ter acabado de chegar, de trem, de um breve período de férias, e deviam estar à espera da meia-noite, quando seriam obrigados a se apresentar no quartel. A maioria deles, à medida que passavam as horas, já não mais se juntava em grupos, mas permanecia sozinha. Assim, eles se acumulavam de tal maneira à volta de uma Wurlitzer — que era uma cópia recente de um daqueles modelos clássicos, com as cores do arco-íris e com suas bolhas de ar que vagavam pelo interior de arcos luminosos de vidro — que os jogos de luz daquele aparelho só eram visíveis aqui e ali, por entre os seus corpos, rostos e pescoços, inclinados sobre a pinça que erguia os discos, e pareciam mergulhados, alternadamente, em azul, vermelho e amarelo. A rua, diante da estação ferroviária, descrevia uma curva aberta às costas deles e logo desaparecia na escuridão. No bar da estação, já começavam a fazer a limpeza noturna. Mas, ainda assim, alguns rapazes, com seus uniformes cinza ou marrons, alguns deles já com suas mochilas às costas, permaneciam junto à jukebox — tratava-se de um modelo mais moderno, feito de metal claro, sem ornamentos, o que combinava com suas luzes de neon — cada qual consigo mesmo, mas, ao mesmo tempo, constituindo uma unidade no centro daquela sala de resto vazia, com suas mesas empurradas para junto da parede, com uma cadeira aqui e ali, diante daquela coisa que, sobre o chão de ladrilhos molhados, agora parecia soar com força ainda maior. Enquanto um dos soldados se desviava do pano de chão, seus olhos permaneciam arregalados, sem piscar, fixos naquela direção. Outro continuava no limiar da calçada, com a cabeça voltada sobre o ombro. Justamente era a lua cheia, e, na porta de vidro, ecoavam, demoradamente, o sacudir, o tinir e o bater de um escuro trem de carga, que escondia a vista das plantações de milho. Junto ao balcão, a jovem com seu rosto nobre e uniforme, sem um dente. Mas apenas na Espanha seu faro voltava, sempre, a enganá-lo. Mesmo nos bares dos bairros miseráveis, por trás de pilhas de entulho, no fim de becos que tinham a marca daquela iluminação pobre que, aqui e ali, avistada de longe, já o levava a apressar-se, nem uma vez sequer ele tinha se deparado com algum rastro distante do objeto que procurava, algo como, por exemplo, um contorno um pouco mais claro sobre uma parede coberta de fuligem. A música que tocava ali — ouvindo o som de fora, através das paredes, ele às vezes era levado a enganar-se — vinha de rádios, de toca-fitas ou, nos lugares mais especiais, de um toca-discos. Os bares de rua espanhóis — e em cada cidade parecia haver tantos deles como em nenhum outro lugar do mundo — talvez fossem, todos, ou novos demais para uma coisa como aquela, que já era quase uma antiguidade (e a todos eles faltava, ademais, a segunda sala, a sala dos fundos, que era o lugar adequado para esses aparelhos), ou antigos demais, e destinados, sobretudo, aos velhos que, ali, com toda a seriedade, permaneciam sentados, jogando baralho — jukebox e bares para jogadores, sim, mas nunca naqueles tão sérios! —, ou sozinhos, com as cabeças apoiadas nas mãos. Ele imaginava que aquele aparelho, quando se encontrava em seu auge, tivesse sido proibido pela ditadura e, depois disso, já não tivesse mais sido procurado. Mas, evidentemente, nessas suas buscas frustradas — e essa frustração quase certa também lhe proporcionava certo prazer —, ele descobriu não poucas coisas a respeito dos cantos especiais e das variações existentes entre aquelas cidades, que aparentemente eram tão parecidas umas com as outras.

Tendo voltado a Soria de Saragoça, desta província, a leste, da qual, numa viagem noturna de trem, por uma região afastada das estradas, ele não vira quase nada, necessitava de um lugar adequado para seu ensaio. Pois, já no dia seguinte pretendia, finalmente, começar. No alto de alguma das duas montanhas ou embaixo, em meio à cidade? No alto, e também já fora da cidade, talvez ele se sentisse afastado demais, e em meio às casas e ruas, oprimido. Um quarto cuja janela se abrisse para um pátio interno o deixaria muito tristonho, enquanto que um que se abrisse para uma praça o distrairia demais. Um voltado para o norte seria insuficientemente ensolarado para que nele se pudesse escrever, mas num que fosse voltado para o sul o sol se refletiria sobre o papel, ofuscando-o. Sobre a montanha nua, o vento iria penetrar no quarto, e sobre a montanha florestada os cachorros das pessoas que iam passear ali latiriam o dia inteiro. Nas pensões — ele visitou todas as que havia — os vizinhos ficariam perto demais, e nos hotéis — ele também os percorreu — agora, em meio ao inverno, talvez ele se sentisse isolado demais para ficar confortável ao escrever. Resolveu passar aquela noite no hotel sobre a montanha nua. A rua que levava até lá terminava numa praça lamacenta, diante do edifício feito de pedras. O caminho que levava até a cidade — que ele logo testou — atravessava uma estepe de musgos e de plantas espinhosas. A seguir, passava em frente a Santo Domingo, que, com sua simples existência, bastando avistá-la, já produzia certo efeito, e então chegava às pequenas praças, com seus plátanos típicos das montanhas, cujas folhas remanescentes, em forma de estrelas, curiosamente numerosas nas pontas dos ramos superiores, que chicoteavam ao vento, oscilavam, ante o céu negro da noite. O quarto, em cima, também lhe agradou: não era exíguo demais, nem excessivamente amplo — pois justamente onde havia lugar demais ele em geral era incapaz de encontrar o seu lugar. A cidade não era excessivamente próxima, mas também não era tão distante: lá embaixo, reluzia ante a janela, cujas vidraças não eram grandes demais, nem divididas em partes muito pequenas, e junto à qual ele, continuando com seus experimentos, logo colocou a mesa, afastando-a de junto ao espelho. Embora fosse minúscula, dispunha de espaço suficiente para uma folha de papel, lápis e borracha. Ali, ele se sentia acolhido, e aquele seria, para os próximos tempos, o seu lugar. Assim, na manhã seguinte, experimentou fazer o teste, sentando-se, na hora adequada, sob a luz e a temperatura dos momentos cruciais, as que, efetivamente, haveria enquanto ele estivesse trabalhando em seu ensaio: o quarto agora lhe parecia ruidoso em demasia (mas, na verdade, ele deveria saber que, justamente nos assim chamados lugares "tranquilos", nas "moradas do silêncio", os ruídos, ao surgirem rara e subitamente, e não de modo constante — um rádio, uma risada, um eco, uma cadeira que era arrastada, um estampido, um zumbido, sobretudo se vindos de perto, do interior do prédio, dos corredores, do quarto ao lado, do telhado —, tornavam-se muito mais ameaçadores para a concentração — e quando esta era perturbada, as imagens escapavam ao escritor, e sem estas não havia palavras — do que a mais ruidosa das ruas, do lado de fora). Era estranho, porém, que o quarto ao lado não só lhe parecesse frio demais para ele se manter sentado ali, por horas a fio (acaso ele não sabia que só os hotéis de luxo mantêm os quartos aquecidos inclusive durante o dia e que, além disso, ao estar escrevendo bem, ele involuntariamente sempre respirava de tal maneira que não sentia frio?), como também, de súbito, lhe parecesse silencioso demais, como se permanecer em ambientes internos significasse estar encarcerado, e a liberdade só pudesse ser encontrada do lado de fora, junto à natureza, mas como deixar que aquele tipo de silêncio penetrasse pela janela, agora que estavam no mês de dezembro? O terceiro quarto tinha duas camas — uma em demasia, para ele. O quarto tinha apenas uma porta separando-o do corredor, em vez de uma porta dupla — uma a menos para ele... E assim ele aprendeu a palavra espanhola que significava "demais": *demasiado*, que lhe pareceu muito longa. Acaso não era um dos "caracteres" ou tipos de Teofrasto, aquele que "está sempre insatisfeito com o que tem", aquele que, sendo beijado pela namorada, se pergunta se de fato a ama com toda sua alma; que se encoleriza com Zeus não porque ele faz chover, mas porque faz chover tarde demais; que, ao encontrar um saco de dinheiro no caminho, diz: "Mas nunca encontrei um tesouro!"? E também lhe ocorreu uma rima infantil, a respeito de alguém que não se sente bem em nenhum lugar, que ele modificou um pouco, adequando-a à sua situação: "Certa vez havia um homem, que nunca chegou a lugar algum./ Em casa sentia frio demais, foi então para a floresta./ A floresta estando molhada demais, ele se deitou na grama./ A grama sendo verde demais, ele foi para Berlim./ Berlim sendo grande demais, ele comprou um castelo./ O castelo sendo pequeno demais, ele voltou para casa./ Em casa..." Será que, com isso, ele não estava reconhecendo que não havia lugar algum que lhe servisse? Mas não, ele sempre voltava a se sentir bem em algum lugar — onde, por exemplo? —, em lugares onde ele conseguira escrever — ou nos quais havia uma jukebox (excetuando casas particulares!). Portanto, ele só se sentia bem naqueles lugares sobre os quais sabia, de antemão, e de qualquer maneira, que não permaneceria neles por muito tempo?

Por fim, ficou com o quarto que lhe havia sido dado de início, e estava bem assim. Fosse qual fosse o desafio, ele o aceitaria. "Quem vai vencer — o barulho ou nós?" Junto à janela, ele se pôs a apontar todo um maço de lápis, que, ao longo de seus anos de viagem, tinham sido adquiridos em tantos países diferentes, e em meio aos quais sempre voltavam a aparecer marcas alemãs: como se tornara pequeno este, desde aquele mês de janeiro em Edimburgo — então já tinha se passado tanto tempo? Enquanto as guirlandas de madeira brotavam dos lápis e esvoaçavam, levadas pelo vento, elas se misturavam com os farrapos de cinzas, que pairavam na fumaça de uma fogueira, enquanto embaixo, diante do hotel, junto à porta da cozinha, a partir da qual um caminho logo conduzia à estepe de plantas espinhosas, de entulho e de musgo, um ajudante de cozinha descamava, com uma faca do comprimento de um braço, uma pilha de peixes, que eram ainda mais compridos do que a faca, e as escamas esvoaçavam e faiscavam, pairando por um instante no ar. "Será isso um bom sinal ou não?" — Mas, agora, já era tarde demais para dar início ao trabalho ainda naquele dia. Habituado a procrastinar seu jogo, novamente ele se sentia aliviado, aproveitando o novo adiamento para fazer uma caminhada pela estepe e para verificar, por assim dizer, a qualidade do solo dos caminhos, certificando-se de que não fosse duro demais nem macio demais, como também as condições do ar: se o lugar não ficava excessivamente exposto às tempestades que vinham do oeste, e se o ar, ali, não era parado demais.

Então algo lhe aconteceu. Naquela época, quando lhe ocorrera aquela ideia tão convincente de escrever um *Ensaio sobre a jukebox*, ele o concebera como um diálogo para o palco: aquele objeto, e os diversos significados que ele poderia adquirir para diferentes pessoas, era, para a maioria delas, algo a tal ponto irrelevante, que uma pessoa, simultaneamente um representante do público, surgiria no papel de quem fazia as perguntas, enquanto uma segunda, na posição de conhecedor desse tema, bem ao contrário do que se passa nos diálogos platônicos, nos quais Sócrates, secretamente, pelo menos de início, apresenta suas perguntas, mas sempre sabe mais do que o interlocutor a quem as apresenta — esta figura estufada por um saber que se constitui somente de preconceitos. Neste caso, porém, o conhecedor apenas viria a descobrir, por meio das perguntas do outro, quais eram os significados que aquele objeto tivera ao longo de sua vida. Com o passar do tempo, então, esqueceu esse diálogo teatral, e o ensaio lhe surgiu como uma maneira livre de sintetizar diferentes formas da escrita, assim como lhe parecia que o ensaio também correspondesse às maneiras — como haveria de denominá-las? Desiguais? Arrítmicas? — segundo as quais ele vivenciara as jukeboxes, e delas se recordava: imagens instantâneas deveriam alternar-se com outras, de maior amplitude, seguidas por fios narrativos que se interromperiam de maneira súbita. Seguir-se-ia, então, uma reportagem completa a respeito de uma musicbox específica, juntamente com um lugar específico, constituída apenas de simples palavras-chave, e viria, depois, sem qualquer tipo de transição, um salto para uma série de citações, provenientes de um bloco de notas que, por sua vez, novamente sem qualquer tipo de transição ou de ligação harmoniosa, talvez devessem dar lugar apenas a uma espécie de ladainha composta dos títulos das músicas e dos nomes dos cantores encontrados em alguma jukebox específica — e, ao mesmo tempo, ele imaginava que a forma fundamental capaz de dar àquele todo alguma espécie de coerência continuaria a ser um jogo de perguntas e respostas, embora fragmentário, que interferisse e voltasse a desaparecer, intermitentemente, junto com cenas de filmes, também fragmentários, cujos fulcros fossem, sempre, outras jukeboxes, e então, partindo destas, passar-se-ia à narrativa de acontecimentos complexos, ou a naturezas-mortas, em círculos cada vez mais amplos à sua volta — que, se possível, até mesmo alcançariam algum outro país, ou, pelo menos, um arbusto de buxo, no fim de uma plataforma de trens. Ele esperava ser capaz de fazer seu ensaio soar na forma de uma "balada da jukebox", um texto por assim dizer "redondo", próprio para ser cantado, que tivesse esse objeto como tema, mas isso apenas, é claro, na medida em que, com todas suas rupturas de imagens, o texto fosse capaz de se apresentar como que por si mesmo. E, ao mesmo tempo, parecera-lhe que tal procedimento de escrita seria adequado não só a esse objeto específico, como também ao seu próprio tempo. Pois as formas épicas de tempos passados — o seu caráter unitário, seus gestos de conjurar e de apoderar-se (dos destinos dos outros), suas pretensões de totalidade, tão falsamente sábias e tão tolas —, quando praticadas em livros atuais, não lhe pareciam como formas vazias? Aproximações com múltiplos aspectos, menores e maiores, em formas abertas em vez de nas habituais formas abrangentes, eram as que, agora, justamente por causa de suas experiências mais completas, mais íntimas, mais capazes de criar uma unidade com objetos, como deveria acontecer com um livro, lhe pareciam as mais adequadas: manter a distância, circundar, contornar, rodear — dar a seu tema um acompanhamento protetor a partir das bordas. — E agora, enquanto verificava os caminhos, andando sem direção certa pela savana, subitamente ele se viu tomado por um ritmo totalmente diferente, que não era um ritmo mutável, marcado por saltos, mas sim um ritmo coeso, uniforme e, sobretudo, um ritmo que, em vez de circundar e de rodear, avançava em linha reta, com toda seriedade, *in medias res*: o ritmo da narrativa. E, então, ele sentiu tudo aquilo que ia a seu encontro, em sequência, como se fossem partes de uma narrativa, e tudo o que percebia, imediatamente passava a lhe ser narrado. Os instantes do presente sucediam-se já em forma de passado e, ao contrário do que ocorre nos sonhos, sem quaisquer desvios, como simples orações principais, tão simples e tão breves quanto o instante ao qual se referiam: "Na cerca de arame havia farpas. Um homem velho, com um saco plástico, abaixou-se em direção a um cogumelo da estepe. Um cachorro passou, mancando, equilibrando-se sobre três patas, e lembrava uma corça. Seu pelo era amarelado, sua cabeça, branca. A fumaça cinza-azulada que vinha de um casebre de pedra pairava sobre tudo aquilo. O chocalho das cascas na única árvore que havia ali soava como o de caixas de fósforos. Do Douro os peixes saltavam, as ondas formadas pelo vento, rio acima, tinham coroas de espuma e, na margem oposta, as línguas de água lambiam as rochas. No trem de Saragoça as luzes já estavam acesas, e os passageiros, esparsos, iam sentados em seu interior." Então, porém, essa narrativa silenciosa do presente transpôs-se, também, para o ensaio complexo e divertido que tinha em mente: ele se transformou, antes mesmo que tivesse sido escrita sua primeira frase, numa narrativa tão poderosa e avassaladora que todas as suas outras formas, instantaneamente, se tornaram como nada. Aquilo não lhe pareceu terrível, e sim esplêndido, além de todas as medidas, pois no ritmo dessa narrativa falava a fantasia, que a tudo aquece, na qual ele ainda acreditava, com suas interferências infelizmente tão raras sobre a mais profunda intimidade do seu coração, também por causa do silêncio que a acompanhava, mesmo em meio ao barulho estrondoso: e o silêncio da natureza, ainda que muito longe de qualquer cidade, tornava-se como um nada comparado àquele silêncio. E o que era característico da fantasia, agora, era que, em suas imagens, o lugar e a localidade onde ele anotaria a narrativa também apareciam. É verdade que, já anteriormente, ele se sentira impelido a fazer aquilo, só que, por exemplo, ele transplantara uma bétula de Colônia para Indianápolis, transformando-a em cipreste, ou uma trilha de gado em Salzburgo para a Iugoslávia, ou toda a localidade na qual escrevia em alguma coisa secundária no plano de fundo: mas, desta vez, Soria haveria de aparecer como Soria (talvez ao lado de Burgos, e também de Vitoria, onde um velho nativo se antecipara a ele, saudando-o) e, ao mesmo tempo, seria também assunto da narrativa, assim como a jukebox. — Até tarde da noite aquela percepção em forma de narrativa continuou a assentar-se em seu íntimo: evidentemente que, já havia algum tempo, aquilo se tornara para ele uma espécie de tortura — literalmente cada nulidade (o passante com um palito de dente na boca, o nome "Benita Soria Vede", gravado num túmulo, o monumento a Antonio Machado, em forma de ulmeiro feito de pedras e de cimento, gravado com poemas, as letras que faltavam no letreiro HOTEL) impunha-se e queria ser narrada. Aquilo já não era mais o poder avassalador da imaginação, que o conduzia com calidez, e sim algo que brotava diretamente de seu coração, subindo-lhe em direção à cabeça, uma compulsão fria, uma corrida que sempre se repetia, sem sentido, rumo a um portão que havia muito tempo estivera fechado, e ele se perguntava se aquele narrar, que agora lhe parecia divino, não fora um equívoco — uma expressão de seu medo diante de tudo o que se encontrava isolado e fora de contexto. Uma fuga? Um fruto da covardia? — Mas a passagem de um homem com um palito de dentes entre os lábios, em meio ao inverno, na Meseta de Castela, a maneira como ele se inclinou para saudá-lo, seria aquilo, realmente, algo tão irrelevante? — Fosse como fosse, ele não queria saber, antecipadamente, qual seria a primeira frase, com a qual começaria amanhã. Depois de todas aquelas suas primeiras frases estabelecidas de antemão, ele sempre ficava paralisado ao tentar começar a escrever a segunda. — Mas, por outro lado: fora com todas as chamadas regras estabelecidas! — E assim por diante...

Ao amanhecer do dia seguinte. A mesa junto à janela do quarto de hotel. Sobre o entulho voavam sacos plásticos vazios, que, a cada tanto, se prendiam nos espinhos. No horizonte, um grande rochedo em forma de plataforma de salto, em cuja rampa de acesso se estendia uma nuvem de cogumelos que haviam brotado com a chuva. Cerrar os olhos. Enfiar um papel amassado na fresta da janela, pela qual o vento penetra com maior intensidade. Novamente, fechar os olhos. Puxar para fora a gaveta da mesa, cujo puxador ressoava enquanto ele escrevia a primeira frase. Fechar os olhos pela terceira vez. Gemidos. Abrir a janela: um cachorro preto, pequeno, logo abaixo da janela, preso na base do edifício, encharcado pela chuva como só um cachorro pode estar encharcado. Com seus lamentos, que a cada tanto silenciavam brevemente, brotavam pequenas nuvens de vapor de seu focinho, visíveis sobre a estepe. *Aullar* era a palavra espanhola que designava "ganir". Fechar os olhos pela quarta vez.

Durante a viagem de ônibus de Logroño até Saragoça ele avistara, lá fora, em meio às vinhas desertas do inverno no vale do Ebro, os dados de pedras dos casebres dos viticultores. Também no lugar onde ele nascera, ao longo dos caminhos que atravessavam as plantações de milho, havia casebres como aqueles, só que feitos de madeira, e do tamanho de choupanas de tábuas. Por dentro, aqueles casebres, com a luz que só entrava através das frestas entre as tábuas estreitas e dos buracos na madeira, os maços de grama amontoados sobre o chão de terra, as urtigas vicejando em meio às ferramentas de colheita que estavam encostadas ali, também se pareciam com choupanas. E, ainda assim, ele sentira que cada uma daquelas choupanas que havia sobre as terras arrendadas do seu avô era um território próprio. Um pé de sabugueiro, normalmente, crescia junto a cada uma delas, e sua copa sombreava a construção, isolada, exposta aos elementos em meio ao campo, e seus ramos, em forma de arco, também penetravam, pelos lados, os seus interiores. E lá ainda havia lugar para uma pequena escrivaninha e para um banco, que também podiam ser colocados do lado de fora, junto ao sabugueiro. Envolto em panos, para manter-se fresco e protegido de insetos, um jarro de suco de maçã e um pão para a hora do lanche. No espaço dessas choupanas, ele se sentira mais em casa do que em qualquer uma das casas bem construídas. (Nestas, calafrios semelhantes aos que passara ali, por sentir que estava no lugar certo, só o atingiam, às vezes, ao olhar para algum quarto de despejo sem janelas ou para o limiar que separava o dentro do fora, sobre o qual era possível estar ao mesmo tempo abrigado no interior e levemente exposto à chuva e à neve, lá fora). Ainda assim, ele via as choupanas, nos campos, menos como lugares de refúgio do que como lugares de repouso e de silêncio. Bastava-lhe, mais tarde, avistar, de longe, mesmo de passagem, em sua região, algum abrigo cinzento, vergado pelo vento, sozinho em meio a um campo abandonado, para que ele logo sentisse seu coração saltando para lá, para sentir-se em casa, por um instante, no interior da choupana, em meio às moscas do verão, em meio às vespas do outono e exposto ao frio das correntes que se enferrujavam no inverno.

Já havia muito que as choupanas nos campos da terra natal não existiam mais, agora só o que havia eram os armazéns, em meio aos prados, muito maiores, e que serviam apenas para guardar feno. Mas, já na época das choupanas, ou seja, muito cedo, o encanto de sentir-se em sua casa, ou em seu lugar, se transpusera para as jukeboxes. Ainda na adolescência, junto com seus pais, ele não ia à taverna para beber limonada, e sim para ouvir discos na Wurlitzer ("Wurlitzer é jukebox", dizia o slogan). Tudo o que ele narrara sobre seu sentimento de ter chegado a algum lugar, e de sentir-se abrigado ali, no âmbito das choupanas, ainda que, e a cada vez, apenas de maneira provisória, valia também, literalmente, para as musicboxes. E, ali, a forma exterior dos diferentes aparelhos e até a escolha de músicas significavam menos do que as especificidades do som que elas emitiam. Nelas, o som, ao contrário do que acontecia com o rádio da casa, instalado no mesmo canto onde ficava o crucifixo, não vinha de cima, mas como que do subsolo, e também, ainda que talvez com o mesmo volume, em vez de vir do alto-falante, parecia vir de um lugar interno, e reverberava por toda a sala. Era como se aquilo não fosse uma máquina, e sim um instrumento adicional, por meio do qual a música — mais tarde ele se deu conta de que isso dizia respeito apenas a certo tipo de música — de fato ganhava seu som de base, talvez comparável com o rangido de um trem que, ao passar sobre a ponte de ferro, subitamente se transforma num estrondo pré-histórico. Muito tempo depois, certa vez, uma criança se encontrava diante de uma jukebox assim (na qual, justamente, tocava "Like a Prayer", de Madonna, uma música que ele mesmo tinha escolhido), e era tão pequena que toda a fúria do alto-falante, embaixo, se dirigia sobre seu corpo, atravessando-o. A criança ouvia, com toda a atenção, com toda a seriedade, com toda a compenetração, enquanto seus pais, prontos para ir embora, estavam junto à porta do bar, voltando, sempre, a chamá-la, e, a cada tanto, como se quisessem se desculpar por ela diante dos outros frequentadores do lugar, riam, até que a música terminasse e a criança, com a mesma seriedade e devoção, saísse para a rua, passando pela mãe e pelo pai. (Será que o malogro daquele modelo de jukebox em forma de obelisco se deveu menos à sua aparência incomum do que talvez ao fato de que, nela, a música soava para cima, em direção ao teto?).

Ao contrário do que acontecia nas choupanas nos campos, porém, no caso das máquinas de tocar discos, o simples fato de elas estarem ali não lhe bastava: era preciso que elas

estivessem prontas a entrar em ação, zumbindo baixinho —
o que era ainda melhor do que se tivessem sido postas em
funcionamento por mãos estranhas —, luzindo, se possível,
com intensidade, como se aquela luz viesse de seu interior.
Não havia nada que pudesse ser mais tristonho do que uma
caixa metálica como aquela já desgastada, escura, fria e,
ainda por cima, pudicamente ocultada dos olhares por meio
de uma colcha alpina de crochê. Mas é evidente que aquilo
não correspondia exatamente às circunstâncias, pois agora
ele se lembrava de uma jukebox avariada na sagrada cidade
japonesa de Nikko, com que ele se deparara durante uma
longa viagem, na qual fizera várias caminhadas, entre o Sul
e o Norte, a primeira naquele país, e que estava escondida
sob uma pilha de revistas, cuja fenda por onde se introdu-
ziam as moedas, ali exposta por ele, estava tampada por
um pedaço de fita adesiva — mas, ainda assim, finalmente.
Para comemorar a descoberta, ele tomara mais uma dose
de saquê, e perdera o trem para Tóquio, deixando-o partir
em meio ao crepúsculo de inverno. Antes daquilo, no pátio
deserto de um templo, em meio às florestas, no alto da montanha, ele passara por uma fogueira ainda em brasa, ainda
fumegante, junto à qual havia uma vassoura feita de ramos
de árvore e um monte de neve, e mais adiante, ainda mais
longe, em meio às montanhas, uma rocha, num córrego, se

arredondara, e a água, correndo por sobre ela, para baixo, soava exatamente da mesma forma que sobre uma outra rocha, num córrego de montanha em outro lugar, como se alguém, com ouvidos suficientemente atentos, fosse capaz de ouvir ali a transmissão de um discurso, meio cantado, meio batucado, de uma assembleia geral das Nações Unidas de algum planeta distante no universo. Mais tarde, à noite, em Tóquio, as pessoas subiam pelas escadas da estação ferroviária, passando por cima dos que estavam deitados por todos os lados, sobre os degraus, e, ainda mais tarde, novamente estando num templo, um bêbado se deteve diante do incenso, no altar, rezou e seguiu cambaleando pela escuridão.

Mas não era só aquele som na barriga o que contava para ele: também os hits americanos, na jukebox, soavam de forma totalmente diferente do que, por exemplo, no rádio, em casa. Ele sempre queria, é verdade, que imediatamente aumentassem o volume do rádio quando, no programa destinado a esse tipo de música, tocavam "Diana", de Paul Anka; "Sweet Little Sheila", de Dion; e "Gypsy Woman", de Ricky Nelson. Mas, ao mesmo tempo, ele sentia um peso na consciência por se sentir atraído por esse tipo de música, que não era considerada música (ainda mais tarde quando, em seus tempos de estudante, ele finalmente conseguira ter um toca-discos em seu quarto, com amplificador conjugado com rádio, ele ficou reservado exclusivamente, durante os primeiros anos, àquilo que, por consenso, merecia o nome de música). Da jukebox, porém, ele deliberadamente fazia tremular, urrar, berrar, tinir e trovejar tudo aquilo que não apenas o alegrava, mas também tudo o que o cobria com arrepios de prazer, calor e sentimento comunitário. Em meio às cavalgadas ressonantes das guitarras de aço de "Apache", a minúscula cafeteria Espresso-Stübchen, fria, abafada, sufocante, na rua principal da "Cidade do plebiscito de 1920", que se tornou a "Cidade da revolta popular de 1938", parecia conectar-se a um tipo totalmente diferente de corrente elétrica, por meio da qual, na escala luminosa, que ficava à altura dos quadris, era possível escolher os números de "Memphis, Tennessee", sentindo então surgir dentro de si mesmo o misterioso "belo estrangeiro", e passando, por fim, a ouvir o tremor e os guinchos dos caminhões sobre o asfalto da rodovia nacional, lá fora, transformados numa viagem sonora ao longo da Route Sixty-Six e, ao mesmo tempo, pensando em partir, fosse lá para onde fosse.

Muito embora no lugar onde ele nascera as musicboxes fossem um ponto de encontro para os bailes de sábado à noite — normalmente deixava-se, à volta delas, um grande semicírculo livre —, algo assim jamais teria passado pela sua cabeça, àquela época. É verdade que ele gostava de observar as pessoas que dançavam e que, na penumbra dos bares, diante daquela moldura de luzes berrantes que pareciam brotar do chão, se transformavam em simples contornos — mas, para ele, uma jukebox era, assim como antes tinham sido as choupanas, um lugar de tranquilidade, ou algo destinado a tranquilizar, algo que o levava a querer sentar-se e a permanecer sentado, praticamente sem se movimentar, quase sem respirar, sendo interrompido apenas pelo gesto comedido, quase cerimonioso, de "ir apertar as teclas".

E, de fato, nunca lhe ocorrera, ao estar ouvindo uma jukebox, que ele imediatamente ficasse fora de si, ou que ficasse febril, ou que fosse tomado por devaneios, coisas que em geral ocorriam quando a música se aproximava dele — até mesmo a música rigorosamente clássica, ou aquela ainda mais distante, de épocas anteriores. Alguém, alguma vez, lhe contara que o perigo de se ouvir música estava no fato de que com ela se criava a ilusão de que algo que ainda estava por fazer já tivesse sido feito. O som das jukeboxes daquela época juvenil, porém, o levava à concentração total, e despertava, ou fazia oscilar, em seu íntimo, as imagens de suas possibilidades, e fortalecia seus propósitos.

Os lugares aos quais era possível recolher-se para refletir melhor do que em qualquer outro tornaram-se, então, em seus anos de estudante universitário, lugares de refúgio, como os cinemas. Mas, enquanto nestes ele penetrava de maneira quase furtiva, nos diferentes cafés com jukeboxes ele entrava de maneira cada vez mais despreocupada, tranquilizando-se ao dizer a si mesmo que os lugares comprovadamente favoráveis à concentração também eram os mais propícios ao aprendizado. Isso, porém, mostrou-se enganoso porque, quando ele tentava se relembrar do material estudado num lugar público, por exemplo antes de dormir, normalmente pouco lhe ocorria. Mas o que ele devia àqueles nichos ou refúgios do frio da época de seus estudos eram experiências às quais hoje, ao escrever sobre elas, só cabia um adjetivo: "maravilhosas". Tarde, numa noite de inverno, ele estava sentado em um dos seus conhecidos cafés de jukebox, grifando com intensidade crescente, em suas anotações, aquelas coisas que cada vez menos compreendia. Esse café se encontrava num lugar incomum para estabelecimentos de seu tipo, à beira do parque municipal, e as vitrines, nas quais estavam expostos bolos, e as mesinhas de mármore tampouco combinavam com o seu gosto. O aparelho estava tocando, mas, como sempre, ele ficava no aguardo do número que ele mesmo escolhera. Só então tudo se ajeitou. Subitamente, depois da pausa, durante a qual o disco era trocado, juntamente com os ruídos que isso produzia — os estalos, o zumbido da pinça que se movia, para cá e para lá, nas entranhas do aparelho, e que então apanhava o disco e o colocava no lugar adequado, e os estalos que antecediam o primeiro compasso —, e que faziam parte do ser da jukebox, soou, das suas profundezas, uma música que o levou a sentir, pela primeira vez em sua vida, e depois disso só em momentos de amor, aquilo que, na linguagem dos especialistas, se chama de "levitação" — e como haveria ele de chamar aquilo, passado um quarto de século? "Ascensão"? "Eliminação das barreiras"? "Tornar-se mundo"? Ou assim: "Isso — essa canção, esse som — agora sou eu; por meio dessas vozes, por meio dessas harmonias, eu me tornei aquele que sou, como nunca antes em minha vida. Assim como é essa canção, também sou eu, inteiro?" (Como sempre, havia uma expressão para referir-se a isso, mas que, como sempre, não correspondia, exatamente: "Ele dissolveu-se na música".) Sem querer saber quem era o grupo cujas vozes, apoiadas na guitarra, trovejavam, em medidas iguais, uma a uma, misturadas e, por fim, em uníssono — até então, nas jukeboxes, ele sempre dera preferência a cantores que cantavam sozinhos —, ele simplesmente ficou espantado.

E também, nas semanas subsequentes, como ele passava horas naquele bar, dia após dia, para permanecer junto a esse som tão forte e, ao mesmo tempo, tão leviano, que lhe era oferecido pelos outros frequentadores, ele permanecia num estado de espanto, sem ter curiosidade de descobrir o nome do grupo. (Desapercebidamente, a musicbox tornara-se o ponto fulcral do "Bar do Parque", em que, fora ela, o que mais se ouvia eram os estalos dos suportes de jornal, e os discos tocados ali se limitavam aos dois daquele grupo sem nome.) Mas, certa vez, quando numa de suas audições de rádio, que se tornavam cada vez mais raras, ele descobriu o nome de certo coral de vozes angelicais atrevidas que, sem maiores cerimônias, lançavam pelos ares versos como "I Want to Hold Your Hand", "Love Me Do", "Roll Over Beethoven", e assim o libertavam de todo o peso do mundo, ele comprou, pela primeira vez em sua vida, discos assim chamados "não sérios" (depois disso, ele passou a comprar quase que só esses), e então, no "Café das colunas", era ele quem apertava as teclas de "I Saw Her Standing There" (justamente na jukebox) e "Things We Said Today" (que, entrementes, ele encontrava sem precisar olhar, tendo decorado os números e as letras a elas correspondentes nas teclas melhor do que os textos das leis) até que, certo dia, músicas erradas e vozes falsas saíram, estalando, de dentro do aparelho: a antiga etiqueta permanecia ali, mas sob ela, fora colocada a do "hit atual" em alemão... E, ainda hoje, ao pensar no som do início da carreira dos Beatles em seu ouvido, saindo daquela Wurlitzer cercada pelas árvores do parque, ele se perguntava: quando haveria de surgir, novamente, tanta graça no mundo?

Nos anos subsequentes, as jukeboxes perderam, para ele, algo de seu poder magnético — talvez menos porque agora ele costumasse ouvir música em sua casa, e certamente não porque ele envelhecera, e sim — desse modo ele imaginava que percebia quando começou a trabalhar no *Ensaio* — porque, nesse ínterim, ele passara a residir no exterior. É evidente que ele continuava a jogar uma moeda sempre que encontrava, em Düsseldorf, Amsterdã, Cockfosters, Santa Teresa di Gallura, algum daqueles seus velhos amigos, pronto para o serviço, rugindo, com seu jogo de luzes coloridas, mas aquilo era, mais do que qualquer coisa, um hábito e uma tradição, e, na maior parte das vezes, ele ouvia sem prestar atenção de fato. Mas o sentido das jukeboxes voltava, imediatamente, durante as temporadas esporádicas que ele passava lá, no seu lugar de origem, e onde, na verdade, ele deveria ter permanecido. Enquanto há quem, ao retornar à terra natal, se dirige "ao cemitério", "ao lago" ou "ao bar habitual", ele, tão logo chegasse à parada do ônibus, frequentemente ia em busca de uma musicbox, depois do que, tendo se exposto ao seu som penetrante, esperava poder sentir-se menos estranho e desajeitado ao fazer seus demais percursos.

Ainda assim, haveria o que contar a respeito das jukeboxes no exterior, que não só tocavam seus discos, num plano secundário da existência, mas que tinham desempenhado um papel central em grandes acontecimentos. Mas, a cada vez, para além do fato de ser no estrangeiro, isso acontecia em algum lugar fronteiriço, nos limites da parte conhecida de mundo. Se os Estados Unidos eram, por assim dizer, "o lar das jukeboxes", ali nenhuma jamais o marcara dessa forma — exceto no Alasca, e sempre novamente no Alasca. Mas: para ele, o Alasca era mesmo parte dos "Estados Unidos"? — Numa noite de Natal, ele chegara a Anchorage e, depois da missa de Natal, quando, em meio a todos aqueles desconhecidos, diante da porta da pequena igreja de madeira, inclusive ele, se estabelecera uma rara forma de alegria, ele se dirigiu, ainda, a um bar. Em meio à penumbra e à confusão dos bêbados, ele viu ali, junto a uma jukebox faiscante, uma indígena, que era a única pessoa tranquila do lugar entre todos os forasteiros. Ela se voltara em direção a ele, com seu rosto grande, orgulhoso e também irônico, e aquela foi a única vez que ele dançou com alguém ao som de uma jukebox. Até mesmo aqueles que, normalmente, estariam prontos para começar uma briga se desviavam deles, como se essa mulher, jovem, ou melhor, sem idade, como ela era, fosse ao mesmo tempo a mais velha naquele lugar. Mais tarde, eles tinham saído juntos, por uma porta dos fundos, para um pátio congelado, onde se encontrava estacionado o jipe dela, cujas janelas eram decoradas com os contornos de pinheiros do Alasca, junto a um laguinho vazio. Nevava. De longe, sem que eles tivessem tocado um no outro, exceto na leveza da dança, ela o exortou a acompanhá-la, dizendo que dirigia, com seus pais, uma empresa de pesca numa cidadezinha para além de Cook-Inlet. E, naquele instante, tornou-se claro para ele, pela primeira vez em sua vida, que uma decisão que não tinha sido concebida por ele, sozinho, e sim por outro, também era algo possível: de imediato, ele foi capaz de pensar em ir viver com aquela mulher estranha, além da fronteira, em meio à neve, de maneira totalmente séria, para sempre, sem volta, até mesmo renunciando a seu próprio nome, a seu tipo de trabalho, a cada um dos seus hábitos. Aqueles olhos, aquele lugar para além dos limites do conhecido, tantas vezes imaginado — era chegado o momento no qual Parsifal se encontrava diante da pergunta redentora, e ele, ante o sim a ela correspondente? E, assim como Parsifal, e não porque ele se sentisse inseguro — pois ele tinha diante de si aquela imagem —, mas como se aquilo estivesse em seu sangue, e devesse ser assim, ele hesitou e, no instante seguinte, a imagem da mulher, literalmente, desapareceu na noite e na neve. Nas noites seguintes, ele sempre voltava àquele bar, esperava por ela junto da jukebox, mais tarde até perguntou por ela e a procurou, mas, embora houvesse muitos que se lembrassem dela, ninguém era capaz de lhe dizer onde ficava sua casa. Ainda dez anos mais tarde, aquela lembrança também foi o que o levou a colocar-se uma manhã inteira na fila para um visto norte-americano, antes do voo de volta do Japão, e também o que o levou, de fato, a desembarcar na Anchorage mergulhada na escuridão do inverno, e a vagar, por alguns dias, por todos os quadrantes daquela cidade assolada pela neve, a cujo ar cristalino e a cujos horizontes amplos seu coração se apegara. Até mesmo ao Alasca já tinham chegado, àquela altura, as novas artes da culinária, e aquele *saloon* se transformara em "bistrô", com o cardápio cabível a um estabelecimento como esse, uma ascensão natural em status social, e, coisas do gênero viam-se não só em Anchorage, junto ao novo mobiliário, claro e leve, já não havia mais lugar para uma máquina de música antiquada. Um sinal de uma máquina assim, porém, eram as figuras que cambaleavam pela calçada, saindo do canto posterior de um barracão em forma de tubo — de todas as raças — ou um homem que, em meio aos blocos de gelo, na rua, estava cercado por uma patrulha da polícia e dava golpes à sua volta — normalmente, nestes casos, tratava-se de um branco — e, então, jogado no chão, permanecia deitado de bruços, com os ombros amarrados e as canelas dobradas e atadas às coxas, com as mãos algemadas às costas, encurvado como um trenó sobre o gelo e a neve, e depois sendo levado ao veículo de transporte, aberto na parte de trás. No interior do barracão, uma jukebox clássica, que dominava todo aquele espaço em forma de tubo, junto com todas as canções ancestrais que lhe correspondiam, saudava, fielmente, quem entrasse ali, bem ao lado do balcão, sobre o qual repousavam as cabeças de gente que dormia, babava e vomitava (tanto homens quanto mulheres, sobretudo esquimós). Nela encontravam-se, podia-se ter certeza, todos os *singles* do Creedence Clearwater Revival, para depois ouvir os lamentos sombrios e insistentes de John Forgerty, que cortavam as cicatrizes, e que falavam que, em sua errância como cantor, "em algum lugar ele se perdera", dizendo "se ao menos eu ganhasse um dólar para cada música que eu canto!", enquanto embaixo, na estação de trens, que durante o inverno permanecia aberta apenas para os trens de carga, uma locomotiva, sobre a qual ia escrito o nome Southern Pacific Railway, tão inadequado para aquela região no Extremo Norte, fazia ressoar por toda a cidade uma única nota de órgão, muito prolongada, e de um fio, diante da ponte que levava ao porto, aberto apenas durante o verão, um corvo enforcado balançava.

Será, então, que as musicboxes eram algo para os desocupados, algo para aqueles que se dedicam a flanar pelas cidades, ou para aqueles mais modernos, que flanam por partes do mundo? — Não. Ele, de qualquer maneira, as procurava menos em épocas nas quais se encontrava desocupado do que naquelas em que tinha trabalho, ou algum projeto e, especialmente, quando voltava ao seu território de origem, vindo de todas suas viagens ao estrangeiro. Aquilo que, antes das horas dedicadas à escrita, era o caminhar em busca da tranquilidade, depois delas, de maneira quase igualmente uniforme, era o caminhar em busca de uma jukebox. — Para distrair-se? — Não. Uma vez que já estivesse no encalço de algo, ele não queria, por nada deste mundo, ser distraído. Sua casa, de fato, com o passar do tempo, tornara-se uma casa sem música, sem toca-discos ou nada do gênero. A cada vez que, no rádio, terminadas as notícias, soava o primeiro compasso de alguma música, fosse ela qual fosse, ele o desligava. Ainda que se entediasse, durante suas horas vazias, quando seus sentidos se entorpeciam, bastava-lhe imaginar que, em vez de estar sentado consigo mesmo, ele poderia estar sentado diante da televisão para imediatamente dar preferência a seu atual estado. Até os cinemas, que antes, afinal, tinham sido uma espécie de abrigo para depois do trabalho, ele passara a evitar cada vez mais: pois, neles, com excessiva frequência, sentia-se tomado por uma sensação de abandono do mundo, da qual ele temia não ser capaz de se livrar para reencontrar o que dizia respeito à sua própria vida — e, então, sair em meio ao filme era a única maneira de escapar de tais sonhos vespertinos. — Portanto, isso significava que ele saía em busca de jukeboxes para se concentrar, como o fazia no começo? — Também isso já não valia mais. Talvez ele, que, em Soria, ao longo das semanas, tentara soletrar os escritos de Teresa d'Ávila, pudesse explicar seu costume de "ir sentar-se" com seus assuntos depois de ter estado sentado à escrivaninha por meio de uma comparação um tanto atrevida: a santa fora influenciada por uma disputa entre dois grupos, em torno da crença, anterior à sua própria época, no início do século XVI, sobre as maneiras de aproximar-se de Deus: um dos grupos acreditava que, para tanto, fosse necessário concentrar-se — os assim chamados *recogidos* — por meio de um retesamento dos músculos e coisas desse tipo, enquanto os outros, *dejados*, "deixados" ou "relaxados", simplesmente se entregavam, sem qualquer tipo de ação, àquilo que Deus desejasse preparar em suas almas, e, ao que parece, Teresa d'Ávila sentia-se mais próxima dos deixados do que dos recolhidos, pois quando alguém tem a intenção deliberada de entregar-se mais a Deus pode, também, ser dominado pelo demônio — e, assim, também ele permanecia junto às suas jukeboxes, não para se concentrar em suas atividades futuras, e sim para relaxar e para entregar-se a elas. Ainda que ele não fizesse nada além de manter o ouvido atento para os acordes especiais de uma jukebox — "especiais" também na medida em que ele, estando em um lugar público, não estava exposto a eles, mas os escolhera, de forma deliberada e, portanto, os "tocava" pessoalmente — então, formava-se nele, que se entregava, a continuação: imagens havia muito tempo privadas de vida ganhavam ritmo e movimento, apenas precisavam ser anotadas, enquanto ele, ao lado da musicbox (mais tarde *junto*, a ela ligado), ouvia "Redemption Song", de Bob Marley, enquanto que, durante a audição repetida diariamente de "Una notte speciale", de Alice, uma figura feminina, totalmente fora de seus planos, surgiu em meio a tantas outras coisas na narrativa na qual ele trabalhava, e cujo âmbito se ampliava cada vez mais. Ao contrário do que acontecia quando ele bebia em demasia, aquilo que anotava durante essas audições mostrava, no dia seguinte, ter consistência. De modo que saía não apenas para caminhar, se possível bastante, durante aquelas horas de reflexão (nunca era possível alcançá-las deliberadamente, em casa, junto à escrivaninha — pensamentos deliberados eram algo que ele apenas conhecia na forma de comparações e de diferenciações), mas também para buscar os bares onde havia jukeboxes. Assim, certa vez, estando sentado num bar frequentado por cafetões, cuja jukebox em uma ocasião fora atingida por uma bala de revólver, ou num bar de desempregados no qual também havia uma mesa para aqueles pacientes de uma clínica psiquiátrica próxima dali que tinham permissão para sair — rostos pálidos, mudos e imóveis que só se punham em movimento para engolir seus comprimidos com cerveja —, ninguém quis acreditar quando ele disse que não viera por causa do ambiente, e sim para ouvir, repetidas vezes, "Hey Joe" e "Me and Bobby McGee". — Mas acaso aquilo não significava que ele buscava as jukeboxes para, como se dizia, afastar-se, de forma furtiva, do presente? — Talvez. E, no entanto, normalmente o que acontecia era o oposto: junto com seus assuntos particulares, tudo aquilo que ainda permanecia à sua volta ganhava uma presença toda especial. Sempre que possível, naqueles estabelecimentos, ele se acomodava em algum lugar de onde pudesse observar não só toda a sala como também uma parte do que se passava lá fora. Assim, unido à jukebox, e junto com o movimento de sua fantasia, sem simplesmente observar — algo que lhe causava tanta aversão —, acontecia amiúde de as outras coisas que estavam ante sua vista também se fortalecer, ou se tornar mais presentes. E o que se tornava presente nelas era menos o que chamava a atenção ou estimulava do que os seus aspectos corriqueiros, habituais, e até mesmo suas formas e cores costumeiras, e esse presente intensificado lhe parecia, então, algo precioso — não havia nada que fosse mais precioso e mais digno de ser transmitido do que aquilo; uma maneira de tornar-se presente comparável apenas à proporcionada por um livro capaz de despertar a reflexão. Assim, quando um homem caminhava, o ramo de uma árvore se movia, o ônibus amarelo dobrava a esquina em direção à estação de ferroviária, o cruzamento entre as ruas formava um triângulo, a garçonete permanecia em pé junto à porta, o giz se encontrava sobre a borda da mesa de bilhar, chovia, etc., etc., etc., aquilo simplesmente *significava* algo. Sim, era isso, o presente ganhava vida e movimento! Assim até mesmo os pequenos hábitos de "nós, tocadores de jukeboxes" tornavam-se merecedores de atenta observação. Enquanto ele normalmente mantinha uma mão apoiada no quadril sempre que apertava o botão, e se inclinava um pouco para a frente, quase em contato com o aparelho, um outro fazia sua escolha com as duas mãos, e com as pernas afastadas, mantendo certa distância, estendendo os braços à sua frente como se fosse um técnico, e um terceiro fazia seus dedos esvoaçarem por sobre as teclas como um pianista, afastando-se, então, seguro de sua escolha, ou permanecia ali, imóvel, como se estivesse no aguardo do resultado de um experimento, até que começasse a ouvir o som (e então talvez desaparecia, saindo para a rua sem continuar a ouvir), ou, por uma questão de princípio, mandava outros porem em funcionamento a máquina para ele, aos quais, a partir de sua mesa, ele gritava os códigos, que conhecia de cor — e todos eles tinham em comum o fato de que pareciam ver na jukebox uma espécie de criatura, de animal doméstico: "Desde ontem ela não quer funcionar direito", "Eu não sei o que ela tem hoje, ela está doida."

— Será que, de fato, esses aparelhos eram, para ele, iguais

uns aos outros? — Não. Havia determinadas diferenças, que o levavam a oscilar entre a fria repulsa e uma verdadeira ternura ou um respeito todo especial. — Diante de aparelhos produzidos em série? — Ante as marcas humanas que neles havia. De modo que, com o passar do tempo, a própria forma do aparelho tornou-se ainda menos importante para ele. Tanto fazia se fosse uma jukebox dos tempos da guerra, com caixa de madeira, ou se sua marca, em vez de Wurlitzer, fosse Musiktruhe, Symphonie ou Fanfare, ou se tivesse a aparência de um daqueles caixotes produzidos à época do milagre econômico alemão, se desprovida de qualquer tipo de iluminação, feita de vidro escuro e opaco, se estivesse silenciosa e aparentemente desligada — mas, uma vez inserida a moeda, acendia-se o letreiro por meio do qual se faziam as escolhas e, depois de apertadas as teclas, um zumbido surgia, de seu interior, acompanhado da luz de um holofote, fora, no painel de vidro preto. Nem mesmo aquele som tão típico da jukebox, que parecia vir das profundezas, como que de um lugar sob muitas camadas de silêncio, continuava a ser tão decisivo para ele, aquele rugido tão peculiar, que frequentemente só se tornava audível quando se escutava com atenção, parecido, pensou ele certa vez, com "a correnteza" que, no romance de William Faulkner, inunda a terra à sua volta, até alcançar o horizonte, mas que se faz ouvir, sob as águas tranquilas e estáticas de um lago, na forma do "rugido do Mississipi": se preciso, ele se dava por satisfeito com uma jukebox em forma de armário de parede, cujo som era mais achatado ou mais metálico do que o de qualquer radinho de pilhas, e, se preciso, se em meio ao barulho do bar o som se tornasse inaudível, bastava-lhe, até mesmo, certa vibração ritmada do ar, a partir da qual fosse possível distinguir o refrão, ou apenas um compasso da música que *ele* tivesse escolhido — essa era sua única exigência — e a partir do qual a canção, na sua íntegra, começasse a tocar em seu ouvido, de vibração em vibração. Por outro lado, sentia-se repelido por aquelas jukeboxes nas quais a oferta de músicas, em vez de ser única, "pessoalmente" preparada no local, era, ela mesma, também parte de uma série, idêntica em todas as localidades de um país inteiro, sem variantes, determinada aos diferentes bares, sim, a eles imposta, por alguma central anônima, que ele só era capaz de imaginar como uma espécie de máfia, a máfia das jukeboxes. Blocos em série como esses — em todos os países, entretempo, quase que só se encontrava isso —, sem qualquer originalidade na sua escolha, que era exclusivamente baseada no que estava na moda no momento, já podiam ser reconhecidos de longe, até mesmo quando tinham sido instalados num respeitável modelo veterano da Wurlitzer, por meio do programa com as opções, que já não era mais datilografado, e sim impresso previamente, e previamente colocado sobre as diferentes etiquetas com os nomes dos cantores e títulos das músicas. Curiosamente, porém, ele também evitava aquelas jukeboxes cujo programa, assim como os cardápios de determinados restaurantes, ostentava, em toda sua extensão, de cima a baixo e da esquerda para a direita, uma única caligrafia, muito embora, via de regra, em casos assim, cada um dos discos nele incluído parecesse destinado exclusivamente para ele: pois, em sua opinião, o programa de uma jukebox não deveria representar nenhum tipo de intenção — nem mesmo uma intenção tão nobre quanto aquela —, nem qualquer tipo de conhecimento, de iniciação, de harmonia — aqueles programas, em sua opinião, deveriam representar uma confusão, com sua parcela de elementos desconhecidos (cada vez maior, com a passagem dos anos) e também, com muitos elementos dos quais se queria fugir e, é claro, em meio a eles, justamente, aquelas canções (umas poucas, que precisavam ser buscadas em meio àquele território difícil de ser abrangido pelo olhar) ainda mais isoladas, que eram adequadas àquele seu momento particular. Musicboxes daquele tipo também eram facilmente reconhecíveis a partir dos painéis em que constava a seleção de músicas disponíveis, sobre o qual se viam uma mistura desordenada de etiquetas datilografadas e de outras escritas à mão e, especialmente, uma multiplicidade de caligrafias, que mudavam de etiqueta para etiqueta: aqui aparecia uma só, em letras maiúsculas, à tinta; em seguida, vinha outra, escrita de maneira despreocupada, quase estenográfica, como se pela mão de uma secretária. Mas a maior parte delas, mesmo com as mais diversas curvaturas e inclinações, causava a impressão de grande cuidado e de seriedade. Havia algumas que se pareciam com letras de crianças, como se fossem desenhadas, e, em meio a todos os erros, sempre voltavam a surgir também algumas etiquetas escritas de maneira perfeitamente correta (inclusive com todos os acentos e hifens), com os nomes de canções que, para as respectivas garçonetes, certamente haviam soado muito estrangeiros, e também etiquetas cujo papel já estava amarelado, aqui e ali, ou cujas letras desbotadas eram difíceis de ser decifradas, ou talvez também já estivessem cobertas por novas etiquetas, recém-escritas, com novos títulos, mas que, embora já ilegíveis, ainda eram visíveis, e assim causavam algum tipo de impressão marcante. Com o passar do tempo, e cada vez mais, seu primeiro olhar sobre o painel com a seleção disponível em uma jukebox passou a dirigir-se não à canção que ele mesmo desejava ouvir, mas, sim, aos discos que eram designados por etiquetas escritas à mão como aquelas, ainda que houvesse uma única assim. Acontecia, então, de ele escolher justamente essa para ouvir, mesmo que ela lhe tivesse sido, até aquele instante, totalmente estranha e desconhecida. Assim ocorrera que, certa vez, num bar frequentado por gente do Norte da África, num subúrbio de Paris, diante de uma jukebox (cujo programa era constituído apenas por músicas francesas, e, sendo de todo uniforme, imediatamente tornava evidente que se tratava de um produto da máfia), ele encontrara, num canto do painel, uma etiqueta escrita à mão, com letras muito grandes e irregulares, cada uma marcada, como se fosse um ponto de exclamação, e escolhera a canção árabe que fora contrabandeada para lá, voltando, várias vezes, a ouvi-la, e, ainda aqui e agora, sentia-se acompanhado por aquela canção chamada SIDI MANSUR, que soava de longe e que, como lhe dissera o barman, despertando, por um instante de sua mudez, era o nome de "um lugar especial e incomum" ("não se vai para lá, é simples assim!").

Será que aquilo significava que ele lamentava o desaparecimento de suas jukeboxes, esses aparelhos do passado para os quais provavelmente não haveria mais futuro?

Não. Só o que ele queria era, antes que elas sumissem completamente de vista, capturar e fazer valer aquilo que uma coisa pode significar para uma pessoa e, sobretudo, aquilo que pode emanar de uma simples coisa. — O bar de um ginásio de esportes na periferia de Salzburgo. Exterior. Um fim de tarde luminoso no verão. A jukebox está ao ar livre, junto à porta aberta. No terraço, nas mesas, muitos clientes, holandeses, ingleses, espanhóis, conversam em suas respectivas línguas, pois o estabelecimento atende também o camping adjacente, em frente ao campo de pouso. É o início da década de 1980, e o aeroporto de Salzburgo ainda não é o Salzburg Airport. O último avião pousou à hora do crepúsculo. As árvores que há entre o terraço e o ginásio são bétulas e álamos, no ar cálido, ante o céu amarelo-escuro. Ouve-se um farfalhar ininterrupto de folhas. Junto a uma mesa estão sentados os nativos, os membros da Sociedade Esportiva Operária Maxglan, com suas mulheres. O time de futebol, àquela época ainda na segunda divisão, novamente perdeu uma partida naquela tarde e será rebaixado. Agora, porém, ante o anoitecer, os torcedores, desapontados, excepcionalmente se põem a falar a respeito das árvores, enquanto pela passagem que leva ao bar o vaivém, das barracas para o bar e do bar para as barracas, não cessa. E, enquanto falam, eles as observam.

Como cresceram, e como cresceram retas, desde que eles, os membros da sociedade, as tiraram, juntos e com as próprias mãos, em forma de mudas, da terra negra e coberta de musgos, e as plantaram em fileiras nessa terra marrom, deste lado! A canção que a jukebox ao ar livre sempre volta a tocar naquele entardecer que, pouco a pouco, vai se tornando mais escuro, enquanto, nos intervalos, se ouve o farfalhar e o chiar das folhas e o som monótono das vozes, é cantada com uma voz animada por Helen Schneider e chama-se "Hot Summer Nites". O interior do bar, enquanto isso, está totalmente vazio, e, ante as janelas abertas, as cortinas brancas esvoaçam para dentro. Mas então se vê alguém sentado num canto, lá dentro, uma jovem mulher, que chora em silêncio. — Anos mais tarde. Uma taverna, uma *gostilna*, no alto de uma montanha, na região do Carso, na Iugoslávia, um pouco afastada da estrada de Štanjel (ou San Daniele del Carso). Dentro. Uma jukebox antiga, pesada, junto ao armário, no caminho que leva ao banheiro. Atrás do vidro veem-se os discos e o prato do toca-discos. Para colocá-la em funcionamento, usam-se fichas em vez de moedas, e não basta apertar alguma tecla — há somente uma —, e sim, antes, é preciso girar uma escala, até que o número escolhido corresponda àquele indicado pelo ponteiro. O braço mecânico, então, põe o disco sobre o prato, com uma elegância comparável à de um garçom que, com um gesto perfeito, serve uma refeição, dobrando o cotovelo num ângulo agudo. A *gostilna* é ampla, com várias salas que, nessa noite de início de outono — fora, sobre o planalto, sopra, sem nunca atenuar-se, vindo das montanhas do norte, a *burja* ou *bora* —, estão cheias, quase que só de jovens: são festas de encerramento de curso de várias classes de escolas de todas as repúblicas da Iugoslávia, que se encontraram aqui, pela primeira vez, por alguns dias. Ouve-se o apito típico do trem do Carso, com o tom grave de uma balsa de montanha, penetrante, trazido dos rochedos pelo vento. Em frente ao habitual retrato de Tito pende, de uma parede, outro, muito maior, de um desconhecido: trata-se do retrato do antigo proprietário do estabelecimento, que se suicidou. Sua mulher diz que ele não era daqui (mas da aldeia vizinha, no vale). A canção que, naquela noite, é escolhida por um aluno depois do outro, e que volta, o tempo todo, a soar pelas salas é cantada num uníssono consciente e, ao mesmo tempo, sereno e infantil, que até mesmo poderia ser dançado, no imaginário popular, e que tem como refrão uma única palavra: "Iugoslávia!" — Outra vez, anos mais tarde. Novamente, é um fim de tarde de verão, ainda antes do crepúsculo, desta vez do lado italiano da região do Carso, mais precisamente no exato limite entre o grande pedestal de calcário que um dia se ergueu do mar e a planície livre de rochedos, lá embaixo, limite que aqui é demarcado pelas plataformas da estação ferroviária de Monfalcone: de um lado, logo aparecia o deserto de pedra, que se erguia em direção ao platô, em parte oculto, junto aos trilhos, por uma pequena floresta de pinheiros; do outro, a estação, cercada por uma vegetação bem diferente: cedros, palmeiras, plátanos, rododendros, assim como a abundância de água, que jorra da torneira, negligentemente deixada aberta, da fonte na plataforma. A jukebox encontra-se no bar, sob a janela escancarada depois de um dia de calor. Também a porta, que leva às plataformas, permanece aberta. Fora isso, o bar quase não tem mobília: o pouco que há foi empurrado para o lado, enquanto já se lava o chão. Sobre o piso molhado de ladrilhos refletem as luzes da jukebox, um brilho que desaparece aos poucos, à medida que o chão seca. Muito pálido, o rosto da garçonete do bar aparece pela janela — e sua palidez é mais acentuada ainda em comparação com o bronzeado de alguns viajantes, que aguardam do lado de fora. Depois da partida do expresso Trieste-Veneza, o edifício parece vazio. Só dois meninos, cujo parque de diversões naquele instante é a estação ferroviária, lutam, gritando, um com o outro, sobre um banco. As mariposas, vindas do outro lado, da escuridão entre os pinheiros do Carso, já começam a esvoaçar. Um longo trem de carga, com vagões selados, passa, tinindo e batendo, e na parte externa dos vagões só os pequenos lacres, pendendo de suas cordas e oscilando, refletem alguma claridade. Em meio ao silêncio que se segue — é a hora das últimas andorinhas e também a dos primeiros morcegos — ouve-se o som da jukebox que há ali. Os meninos continuam a lutar um pouco mais. Não para ouvirem, mas simplesmente por acaso, dois funcionários saem de seus escritórios para a plataforma, enquanto uma faxineira deixa a sala de espera. Subitamente aparecem, em toda parte, pessoas em quem ele ainda não tinha reparado. Sobre o banco junto ao arbusto de buxo, um homem dorme. Na grama, atrás do banheiro, encontra-se reunido todo um grupo de soldados, mas não há sinal de bagagem. Sobre a plataforma do trem que vai para Udine, apoiado num pilar, está um negro corpulento, igualmente sem bagagem, trajando apenas calça e camisa, mergulhado na leitura de um livro. Da floresta de pinheiros, lá atrás, esvoaçam, um depois do outro, pares de pombos, que descrevem curvas pelo ar. É como se todos esses que se encontram aqui não fossem viajantes, e sim moradores ou residentes da estação ferroviária. O centro da estação é a fonte, com a água potável espumante, que é espirrada pela brisa, e com as marcas de muitas solas molhadas à sua volta, sobre o asfalto, às quais o último bebedor, agora, deliberadamente acrescenta as suas próprias. Um pouco mais adiante, ao longo dos trilhos, num lugar que pode ser alcançado a pé, o rio subterrâneo Timavo, que cruza o Carso, sobe à superfície, com três braços, que, à época de Virgílio, segundo a *Eneida*, eram nove, e logo se alarga e deságua no Mediterrâneo. A música que a jukebox toca, enquanto isso, fala da carta de uma jovem que, tendo sido levada para um lugar muito distante, separada de tudo o que lhe era habitual tanto quanto de todos os seus sonhos, e que agora é toda espanto — corajoso e talvez também triste espanto — é cantada, em meio à paisagem crepuscular da estação de trens de Monfalcone, pela voz amigável de Michelle Shocked e tem como título "Anchorage, Alaska".

Durante as semanas em Soria, às vezes ele conseguia pensar sobre o que estava fazendo ali: "Faço o meu trabalho, e ele me diz respeito." Paralelamente a isso lhe veio à mente, certa vez, aquele "eu tenho tempo", mas, agora, sem os pensamentos que normalmente o acompanhavam, e sim como o seu pensamento central. Tempestades e ventanias assolavam o planalto de Castela quase diariamente, e ele também usava seus lápis para fixar as cortinas nas frestas da janela. E os barulhos aumentavam sempre. O descamar dos peixes, lá embaixo, diante da porta da cozinha, tornou-se um despedaçar diário de vários outros tipos de animais, por meio de uma machadinha, e os caminhos tão graciosamente recurvos logo ali, através da estepe, na colina, revelaram ser pistas de motocross. (Ele descobriu que Soria até estava candidatando-se ao campeonato europeu.) Visto na televisão, esse esporte, cujos heróis saltam pelos ares como se fossem figuras de videogame, tinha algo de admirável, mas agora, visto a partir da mesa de trabalho, fazia com que o zumbido de uma vespa gigante diante de sua cabeça lhe parecesse, a ele comparado, benfazejo. O barulho estrepitoso destruía algo, não só momentaneamente, mas para sempre. O que o preocupava era que, diante de tudo isso, ele corria o risco de subestimar a importância de uma atividade como sentir imagens e combinar palavras de maneira correspondente, que necessitava de tanto isolamento. Por outro lado, em meio ao silêncio, ele de fato se perdera algumas vezes e, justamente, na fraqueza — na dúvida, e ainda mais, na desesperança —, sentira-se fortalecido ao conseguir se dedicar à sua atividade, desafiando as circunstâncias e delas abstraindo-se. Diariamente, ele descrevia seu percurso em forma de arco, diante da fachada da Santo Domingo — não, aquilo, ao contrário dos prédios novos que havia atrás da igreja, aquilo não era um campo de batalha. Uma tranquilidade emanava dali, e ele só precisava absorvê-la. Quanto ao seu espanto diante das narrativas contadas pelas esculturas: Eva, levada por Deus a Adão, já se encontrava com suas costas coladas às do marido quando, na cena seguinte, ele erguia o olhar para a árvore do conhecimento, e o anúncio da ressurreição, transmitido por uma das mulheres ao primeiro da longa fileira de apóstolos, simultaneamente chegava até o fim da fila, visível por meio das posturas corporais expressivas de todos eles; só o último, imóvel, ainda não parecia saber de nada. Antes de começar a trabalhar, ele caminhava a passos curtos, mas depois do trabalho andava a passos maiores, não por sentimento de triunfo, e sim porque se sentia tonto. Andar montanha acima o levava a respirar mais fundo e a pensar com maior clareza, no entanto o aclive não poderia ser íngreme demais, caso contrário seus pensamentos se tornavam excessivamente acalorados. Da mesma maneira, ele preferia caminhar em sentido oposto ao da correnteza do rio, porque havia, naquilo, algo de enfrentamento, e também alguma energia que advinha daí. Se ele queria se abster de pensamentos insistentes, tomava o caminho que seguia às margens da estrada de ferro desativada que ia de Soria a Burgos, ou seguia ainda mais adiante, em direção à cidade, através da escuridão, em meio à qual precisava atentar a cada um dos seus passos. E quando finalmente chegava de volta às ruas, vindo da escuridão da estepe, ele se sentia tão tenso que desejava relaxar diante das esculturas da Santo Domingo, e livrar seu rosto da paralisia. Ele repetia seus caminhos mas, a cada dia, acrescentava alguma variação. Ao mesmo tempo, parecia-lhe que todos os demais caminhos também estivessem esperando para serem percorridos. Ao longo do caminho à beira do rio, que Antonio Machado costumava percorrer, acumulavam-se, por anos a fio, lenços de papel e preservativos. Durante o dia, além dele, praticamente só velhos andavam pelas estepes, em geral sozinhos, com sapatos desgastados. Antes de se assoarem, eles tiravam dos bolsos seus lenços dobrados, com gestos muito complexos e elaborados, e sacudiam-nos. Ele estabelecera para si mesmo uma regra: antes de começar a trabalhar, saudar pelo menos um deles, com a esperança de ser saudado de volta. Ele se recusava a voltar para seu quarto antes de ter passado pelo instante desse sorriso. Às vezes até se detinha, deixando-se deliberadamente ultrapassar, para poder chegar a dizer "Hola!" e para poder saudar com um gesto de cabeça. Antes disso, no bar central de Soria, no qual havia uma grande janela, ele lia diariamente o jornal, com a ajuda de um dicionário. *Llavero* significava "chaveiro": erguendo um chaveiro, uma mulher participara de uma manifestação em Praga. *Dedo pulgar* era o polegar: o presidente dos Estados Unidos erguia seu polegar no ar, para sinalizar o sucesso de sua viagem-relâmpago ao Panamá. *Puerta giratoria* era porta giratória (através da qual Samuel Beckett entrara, à sua época, na Closerie des Lilas parisiense). A notícia da execução do casal Ceauçescu ele leu não com satisfação, mas com o antigo pavor, novamente desperto, que a história sempre voltava a causar. Sempre que possível, ele continuava a decifrar os caracteres de Teofrasto, afeiçoando-se a muitos deles, ou, ao menos, a alguns de seus traços — que talvez ele também reconhecesse como seus próprios. Parecia-lhe que as fraquezas e as tolices desses caracteres fossem sinais de que se tratava de pessoas solitárias, que não se ajustavam à sociedade — neste caso, a Polis grega — e que, para participarem dela de alguma maneira, continuavam a jogar seu jogo ridículo, com a coragem que é proporcionada pelo desespero. Se eles eram ambiciosos demais, excessivamente joviais, excessivamente exibidos ou, o que era o mais persuasivo, sempre "as pessoas do momento errado", isso acontecia, muitas vezes, porque não eram capazes de encontrar seu próprio lugar em meio aos outros, nem mesmo em meio a seus próprios filhos e a seus próprios escravos. A cada tanto, ele erguia a cabeça, voltando-se para a janela e para um plátano, lá fora — cujas folhas ainda tremulavam —, e também para um carvalho de montanha, ao lado dele, já totalmente desfolhado, no qual, quase sempre, exceto sob ventanias, os pardais permaneciam a tal ponto estáticos que as angulosas folhas que balançavam, farfalhavam e se sacudiam se pareciam mais com pássaros do que eles mesmos. A sensação mais típica do lugar o tomava junto à ponte sobre o rio, menos por causa dos arcos de pedra e da água escura do inverno que corria por entre eles do que por causa de uma placa no cume da ponte: "Rio Duero". Um dos bares à margem do rio chamava-se Alegria del Puente, e assim que ele leu aquela placa, fez um desvio, *rodeo*, para entrar ali. Nas encostas à margem do rio, naqueles pontos que não eram de rocha nua, brotavam da terra blocos arredondados semelhantes a pedaços de geleiras. Nos restos das muralhas da cidade, lá fora, na estepe, o vento dos séculos desenhara ranhuras, ocos e depressões, e alguns antigos palácios na Plaza Mayor apoiavam-se em bases feitas de pedregulhos que tinham sido cimentados pela natureza, mergulhados no solo do antigo lago de gelo. Poder ler um pouco em meio à paisagem, ao passar por ali, era algo que o fazia sentir-se aterrado, e ele descobriu que, na Espanha, a geografia fora sempre uma serva da história, das conquistas e do estabelecimento de fronteiras, e que só agora se passava a dar atenção às "mensagens dos lugares". Às vezes, justamente em meio ao inverno, as cores pareciam encher-se de vida. Enquanto o céu se tingia de enxofre, um campo vazio, abaixo dele, verdejava à medida que os caminhos em meio aos escombros se tingiam com o verde dos musgos. Quando tudo já mergulhara na penumbra do crepúsculo, uma roseira brava formava um arco vermelho e luminoso. Dois corvos alçaram voo, e suas asas tornaram o céu claro outra vez, como se fossem rodas girando velozmente. Naquele dia, como não estava chovendo, pequenos turbilhões de poeira pairavam sobre a cidade, dando-lhe uma ideia de como seria o verão ali. As sombras das nuvens assolavam as montanhas nuas, parecendo ter sido arrancadas do seu subsolo — como se houvesse sombras de nuvens em toda parte, mas aqui em Castela se encontrasse o seu lar verdadeiro. Certa vez, de manhã cedo, o vento cessou, e, sob o sol brilhante, tornaram-se visíveis, pela primeira vez, as Sierras, tanto a norte quanto a leste, cobertas de neve. Ainda que essas duas cordilheiras estivessem à distância de uma pequena viagem de avião, ele contemplou suas encostas, que luziam, marcadas pelas sombras das nuvens imóveis, durante toda aquela hora sem vento. Seus pensamentos estavam a tal ponto voltados para a neve que, naquela manhã, ele involuntariamente sacudiu seus sapatos, diante da porta, para livrá-los dela. Algumas vezes também acontecia de o céu noturno abrir-se, brevemente, enquanto ele tateava pelos seus caminhos desolados, lá fora (ele se dirigia até lá especialmente para isso) e, então, era espantoso como Castor e Pólux mostravam seu distanciamento fraternal, como Vênus brilhava, como a árabe Aldebarã faiscava, como o W da Cassiopeia alargava suas pernas, como a Ursa Maior inclinava seu braço, e como a lebre, fugindo do caçador Órion, corria pelo firmamento, descrevendo uma linha horizontal. A Via Láctea, com seus numerosos ramos em forma de delta, era um pálido reflexo do clarão que dera início ao universo. Era estranha a sensação de "muito tempo" durante o seu dezembro em Soria: logo depois do primeiro dia de trabalho, quando ele viu o rio, lá embaixo, pensou: "Sim, ali está ele, o velho Douro!" Num fim de semana, ele deixara de fazer o passeio habitual que passava pelo bar Rio e então, ao ver-se novamente diante da pequena estufa de ferro que havia ali, sentiu-se como se uma "eternidade" tivesse passado desde que ele avistara pela última vez aquele cilindro cinzento. Mal transcorrida uma semana da sua chegada, ele passou, numa de suas voltas, em frente à estação rodoviária: "Foi aqui que, naquela época, eu andei pela chuva, carregando a minha mala!" Em meio aos rugidos da tempestade, lá embaixo, sobre a relva da estepe, um sapo andava, desajeitado. Antes que as folhas dos plátanos caíssem, seus cabos se partiam, se esgarçavam, elas reviravam, pendendo de farrapos. Será que o galo, no jardim de lama, onde os tomates verdes se espalhavam para lhe servir de alimento, deliberadamente mexia as penas da sua cauda, ou será que era o vento que as balançava? Mas os animais que ele colocaria em seu brasão eram, evidentemente, aqueles cachorros que ele via voltando para suas casas ao entardecer, mancando de três pernas: pois, normalmente, ao alcançar o fim dos caminhos que percorrera durante um dia, um dos seus joelhos também se retraía. Certa vez, quando, segundo o jornal, Soria não era a cidade espanhola que registrava a mais baixa temperatura, ele se sentiu decepcionado. Pela rua principal da cidade era levado um vaso com a flor vermelha do Natal, sob as folhas ainda verdes, ainda não caídas, sempre molhadas, do plátano. Nenhuma vez, durante todas aquelas semanas, aconteceu de as poças em torno das raízes secarem. A neblina era cinza-escuro e, em meio a ela, pendendo dos pinheiros das montanhas, os casulos brancos das mariposas, cujas larvas devoram as agulhas verdes das árvores, brilhavam, ameaçadores. No dia de Natal chovia tão forte que, durante seu passeio habitual pela cidade, além dele só um pardal apareceu na rua. Então uma mulher muito pequena e seu filho grande saíram da prisão municipal, sem guarda-chuvas, e atravessaram o lamaçal em direção a um barracão provisório, que fora erguido ali, e ele imaginou que eles estivessem voltando de uma visita a seu parente — um daqueles bascos que faziam greve de fome —, do outro lado do muro, que tinha a altura de uma casa, e que eles estivessem acampados ali, esperando pelo dia em que aquele prisioneiro fosse libertado. À noite, subitamente, começaram a surgir clarões em meio às torrentes, e algo o atingiu, com fúria, na testa e no queixo; ao olhar em torno, avistou também um carro que vinha de fora da cidade, com a capota coberta por uma camada branca, e alguns flocos se detinham em sua queda, pairando no ar: "Nieve!", pensou ele, sua primeira palavra involuntária em espanhol. Num bar, tocavam, desta vez sem o habitual tom cigano de desalento, e sim num tom alegre, convicto, como uma anunciação, uma canção flamenca, e novamente ele imaginou: essa é, finalmente, a maneira certa de se cantar a "Navidad", o Natal, o nascimento; era assim que um pastor narrava o que vivera naquela noite sagrada, e sua narrativa era, ao mesmo tempo, evidentemente, uma dança. Como ocorria em todas as partes do mundo, aqui também ele observava os passantes que, ante a primeira gota de chuva, já abriam seus guarda-chuvas, sempre de prontidão, e também na Meseta chegara a moda de as jovens soprarem os cachos de cabelos que lhes tinham caído sobre a testa ao entrar num bar. O estrondo do vento, que parecia o de um avião a jato ao decolar (um ruído que quase nunca se ouvia naquela cidade) soava sobre os álamos às margens do Douro. Uma enorme galinha bicava cuidadosamente a crista de um galo, que permanecia sobre o barro, numa perna só. Numa amendoeira desfolhada, um único ramo já ostentava um pequeno broto branco. A maior parte dos males que ele conhecia do seu lugar habitual, e também aqueles que se encontravam nele mesmo, aqui permanecia afastada, já que ele, novamente, se encontrava sob o abrigo do seu próprio trabalho. Ainda assim, ele reconheceu, em Soria, que não era possível derivar a sensação de estar fazendo a coisa certa a partir de alguma coisa que estivesse ausente. As raízes das árvores, que criavam degraus sobre um caminho, estavam cobertas de geada. Certa vez ouviu-se, ao longe, uma explosão, e ele achou que estivesse ouvindo o badalar do sino de uma igreja.

Ao final, pareceu-lhe que ele já dobrara quase todas as esquinas da cidade (ele memorizava aqueles *rincones* como se fossem palavras). Talvez ele tivesse entrado em uma centena de casas e prédios pois, como ele descobriu por meio de suas atentas peregrinações, havia, na pequena Soria, bem mais do que cem bares, alguns afastados, em travessas estreitas, frequentemente sem qualquer tipo de letreiros, distantes, como tantas outras coisas em localidades espanholas, do primeiro olhar e conhecidos apenas pelos moradores — e também reservados com exclusividade a eles. Sobre as paredes de lugares assim, junto aos anúncios nos quais constavam as épocas do ano em que a caça era permitida e os retratos de toureiros, ele sempre voltava a encontrar poemas de Antonio Machado, também na forma de calendários de parede, alguns dos quais rabiscados, tendo até mesmo visto, num deles, uma suástica, mas, conforme lhe pareceu, ela não se encontrava ali por causa dos motivos conhecidos, e sim porque as suásticas, ao menos as escolhidas para a função de ornamentos de parede, estavam ligadas à natureza. Era admirável que houvesse tantos bares nos quais só se viam jovens e outros tantos, ou ainda mais, exclusivamente, e até expressamente, destinados apenas aos velhos (com uma mesa no canto para velhas), como se neles não fosse permitida a entrada de mais ninguém: aparentemente um tipo de separação ainda mais rigoroso do que qualquer tipo de separação de caráter político. A maior parte dos aposentados do interior passava seus anos de *jubilados* na capital e, quando não estava jogando baralho em seus bares, permanecia sentada, em silêncio, junto às mesas, ou revirava as salas, ininterruptamente, como se estivesse à procura de algo. Jovens e velhos e, junto com eles, ele, o estrangeiro: igualmente pálidas, as mãos de todos eles, subjugadas pelo inverno, mantinham-se pousadas sobre os balcões enquanto lá fora, sob a luz que descia do alto dos postes, apareciam as marcas deixadas pelos andaimes de aço que haviam despencado, à época da sua chegada, matando dois passantes.

Juntamente com o seu desejo pelas pequenas diferenças que havia entre esses lugares aparentemente tão monótonos, ele era movido, também, pelo desejo de encontrar uma jukebox justamente ali em Soria, num primeiro momento outra vez por compulsão, mas, à medida que passava o tempo, cada vez mais porque aquela lhe parecia ser a época certa para ouvi-la tocando: trabalho, inverno, as noites depois das longas caminhadas sob a chuva. Certa vez, estando já bem longe da cidade, na *carretera* que levava a Valladolid, ele ouviu, lá, num dos bares à beira da estrada, um som grave, que, no entanto, vinha de um jogo de fliperama, com estações de trem-fantasma. No bar de um posto de gasolina ele viu o letreiro WURLITZER — mas afixado na máquina automática de venda de cigarros. Numa loja de material de demolição, no *casco*, o centro da cidade de Soria, cercada por montes de entulhos, ele avistou, no barzinho com azulejos da Andaluzia que estava ali, o painel seletor de um antiquíssimo aparelho Marconi, um antepassado da jukebox, mas como simples decoração de parede. A única vez que ele avistou o seu objeto, em Soria, foi no cinema Rex, num filme inglês ambientado no início dos anos 1960: ali estava ele, numa sala de fundos, no instante em que o herói do filme passava a caminho do banheiro. A única jukebox viva, por assim dizer, em toda a Espanha permaneceu, para ele, aquela de Linares, na Andaluzia. Também naquela época, na primavera, ele sentira a necessidade de um aparelho como aquele. Trabalho, o tumulto da semana da Páscoa. Aquela jukebox, com a qual ele se deparara apenas pouco antes de sua partida, quando havia tempos que ele já desistira de qualquer busca, o saudou num subsolo, numa travessinha. Era um bar do tamanho de um quarto de despejo, sem janela, só com uma porta. Aberto em horários irregulares, mas unicamente à noite, quando, ainda assim, o letreiro na fachada amiúde permanecia apagado — era preciso espiar pela porta para ver se, excepcionalmente, estaria em funcionamento. O proprietário era um velho (que só acendia a luz principal quando chegava algum cliente), que, no mais das vezes, ficava ali sozinho, com sua jukebox. Esta tinha uma peculiaridade: todas as etiquetas com a seleção de músicas estavam em branco, como plaquinhas ao lado dos botões de campainha, nos andares térreos de prédios, sobre as quais não estivessem os nomes dos respectivos moradores. Parecia, como tudo o mais naquele bar, estar fora de funcionamento. Só o que havia eram as combinações de letras e de números, na parte superior daquelas etiquetas vazias. Para compensar, as paredes, em toda a sua extensão, até o teto, estavam cobertas com capas de discos, ao lado de cujos títulos estavam escritos à mão os códigos correspondentes a cada um deles, e assim, depois de um pedido especial de que o aparelho fosse ligado, o disco desejado — a barriga da jukebox, que parecia estar oca, mostrou-se repleta de discos — começava a tocar. E, subitamente, aquele subsolo apertado tornava-se muito espaçoso, enquanto um rugido monótono se fazia ouvir, nas entranhas de aço, e tanta tranquilidade emanava daquele lugar, em meio à azáfama da Espanha — e à sua própria! Tudo isso se passara na *calle* Cervantes de Linares. Do outro lado da rua havia um cinema abandonado com os restos de um letreiro no qual se lia *Estreno*, estreia, em cuja antessala, cercada por arame, havia jornais amassados e ratazanas, à época em que, fora dos limites da cidade, as obstinadas camomilas da estepe floresciam, mais de trinta anos depois que, na arena de Linares, Manuel Rodriguez, conhecido como Manolete, fora morto por um touro. Alguns passos além do bar, que se chamava El Escudo, descendo-se pela mesma travessa, ficava o restaurante chinês de Linares, que, às vezes, tinha sido, para o estrangeiro, igualmente um lugar de tranquilidade, ali, da mesma forma que a jukebox. Também em Soria, então, ele deparou-se, surpreendentemente, com um restaurante chinês como que escondido. Dava a impressão de estar fechado, mas sua porta se abriu e, quando ele entrou, as grandes luminárias de papel foram acesas. Naquela noite, ele foi o único cliente da casa. Ele nunca havia reparado, na cidade, a família que estava ali, comendo na mesa comprida do canto, e que, depois, desapareceu na cozinha. Só a filha permaneceu na sala, servindo-o, muda. Nas paredes, havia retratos da Grande Muralha, que também dava nome ao estabelecimento. Estranho como as cabeças claras dos brotos de soja, que surgiam na sopa escura quando nela se mergulhava a colher de porcelana, pareciam personagens de um filme de desenho animado, ali, em meio às terras altas de Castela, enquanto, sob a ventania noturna, os álamos estalavam diante da janela. A jovem, de resto inerte, desenhava caracteres chineses num caderno, na mesa ao lado, um bem junto do outro, numa caligrafia muito mais regular do que a dele naquelas semanas (não eram só as ventanias súbitas, mas também as chuvas e a escuridão ao tomar notas ao ar livre que a tinham distorcido a tal ponto), e enquanto olhava de forma ininterrupta para ela, que, naquela região, naquela Espanha, decerto era incomparavelmente mais estrangeira do que ele, ele sentiu, com espanto, que só agora, de fato, partira do lugar de onde viera.

OBRAS DE PETER HANDKE EDITADAS PELA
EDITORA ESTAÇÃO LIBERDADE:

Don Juan (narrado por ele mesmo) (2007)

A perda da imagem ou Através da Sierra de Gredos (2009)

Ensaio sobre a jukebox (2019)

Ensaio sobre o louco por cogumelos (2019)

ESTE LIVRO FOI COMPOSTO EM SIMONCINI GARAMOND CORPO 11,6 POR 18
E IMPRESSO SOBRE PAPEL AVENA 90 g/m² NAS OFICINAS DA RETTEC ARTES
GRÁFICAS E EDITORA, SÃO PAULO — SP, EM DEZEMBRO DE 2019